搜神異寶錄
懸疑考古探險搜神小說
之13 盗墓天書
婺源霸刀 著

目錄

楔子

巨石落下後，雖然補上了「鯨吞地」的天方之缺，
但巨石朝天的頂端卻是尖尖的角，
這尖尖的石棱，如同一把劍，隨時都可以將天捅破，
屆時，這塊「鯨吞地」不但不是一塊福地，
反倒是一塊大凶之地。

每一個盜墓的高手，都是一流的風水師。

馬大元給自己看好了一塊「鯨吞地」，能使家宅興旺，子孫富貴。唯一讓他感到遺憾的是，這塊「鯨吞地」的頂門有很大的缺陷，即天方不圓。主墓天方不圓者，三代後定出忤逆子，敗盡家財、斷子絕孫。

好在馬大元精通六爻神運之數，選了一個陽氣正旺的日子，即六月初六的午時，開壇布數，想利用乾坤大運之法，將這塊「鯨吞地」的頂門補上。

他在墓穴的四周排上六六三十六盞長明燈，鄭重地點燃三支香，腳踏乾坤，各朝天地東南西北六個方位三跪九叩，將香插入香爐，少頃，一聲天雷炸響，從他身後的高山上震落一塊巨石，正好落在墓穴的頂門上。

這下好了，形成了一塊完美無缺的「鯨吞地」，後代子孫將財源廣進，大富大貴。

他站在墓穴的頂端，望向左側山坡下的一個小水潭，水潭的正對面，就是連綿起伏，成筆架形狀的山巒。那是一塊「水浮蓮花」地，主葬者，三代後出文壇貴人，但是要求入葬者必須是婦人之身，不得隨棺入水，且要選在風雨交加的子時。

人命各有定數，不得強求。

馬大元有心想葬那塊地，但條件不允許。他早年喪妻，雖繼娶了兩房偏室，亦無所出，膝下只有髮妻留下的一子，名叫馬天寶。家丁雖不興旺，但後繼有人，他也就滿足了。有多少盜墓的人，不是橫死他鄉，就是斷子絕孫。因為盜墓，本身就是缺德的活，為天地之所不容。

這十里八鄉，沒有人不知道馬大財主財大氣粗，光在省城就擁有七家糧店，但也沒有人知道他是幹什麼發跡的。

他以前的經歷，永遠是個謎。

他望向身後那塊巨石，臉色頓時變了。

「爹，您怎麼了？」站在一旁的馬天寶看出了父親的神色不對。

馬大元呆呆地望著那塊巨石，口中喃喃道：「天意，這是天意！」

巨石落下後，雖然補上了「鯨吞地」的天方之缺，但巨石朝天的頂端卻是尖尖的角，這尖尖的石棱，如同一把劍，隨時都可以將天捅破，屆時，這塊「鯨吞地」不但不是一塊福地，反倒是一塊大凶之地。

他剛才在利用乾坤大運之法時，已經將自己的命數同這塊「鯨吞地」連在了一起，也就是說，無論他死後葬不葬在這裏，子孫的運程將按這塊地的命數發展下去。

有什麼補救之法嗎？馬大元呆了片刻，兩滴老淚順頰而下，這都是命，沒有辦法的事情。唯一的補救方式，就是積德行善，以求天意寬容。

當晚，馬大元突患急病，彌留之際，將馬天寶叫在身邊，從枕頭底下摸出一塊黑如墨色，上面有奇怪花紋的玉石，交給馬天寶：「萬一家道敗落，都不可將此物示於人前。」

他一再叮囑：「好好對待福嬸，她是你爹的救命恩人，繼續派人尋找她失蹤的兒子，多積德行善……」

他的眼睛盯著對面佛龕上的兩本書，喉嚨裏發出斷斷續續的聲音：「子孫後代……不得再從事……那樣的……活兒……千萬……不要去尋找……古墓……」

外人不知馬大元是怎麼發跡的，但身為兒子的馬天寶，卻清楚自己祖上幾代人，幹的都是盜墓的生涯。

十幾年前，他爹出去了一段時間，之後帶回了一個叫福嬸的瞎眼老婆子，回來後整個人也變了，每逢初一十五便去廟裏上香，還請了一尊觀音菩薩，供在家中，天天燒香膜拜。

不僅如此，對待那個瞎眼老婆子，更是像服侍親娘一樣，十幾年如一日，餐餐茶飯上手，早晚問安。並不斷派人去雲南，尋找福嬸失蹤的兒子，但找了多年，都沒有下落。

有時候那個瞎眼老婆子心情不好，對馬大元大聲呵斥，但馬大元卻一聲不吭，照樣服侍得很周到。馬天寶也覺得納悶，問過他爹好幾次，這福嬸到底是什麼人？

馬大元只說是馬家的大恩人，絕不能虧待了她。

馬天寶也就沒有再問，心知他爹有很多不為人知的秘密，那些秘密是要帶進棺材裏的。

馬大元死後，馬天寶將神龕上的那兩本書用一個檀木盒子鎖了起來，並貼上了封條。

在服侍福嬸的問題上，馬天寶也不敢怠慢，並告誡兒子馬得龍，只要福嬸不死，都要服侍好她。

又過了十幾年，那個瞎眼老婆子沒有死，馬天寶倒死了，他死後沒有多久，在一個風雨交加的晚上，他的兒子馬得龍將九十歲高齡的福嬸趕出了家門。瞎了眼的福嬸跌跌撞撞地往前摸索著走路，一不小心，掉進一個水潭裏。水潭上方的土坡上，由於大雨引發大滑坡，落下的泥土剛好填滿整個水潭……

第一章

發瘋的考古泰斗

苗君儒被人發現的時候，精神完全處於狂亂狀態，

不斷瘋言瘋語，說什麼

「沒有人活著離開……古墓……史前動物……神秘現象……」

所有的人都以為他瘋了，只有瘋子才會說出那樣的話。

七十年後。

一九四八年的夏天。

重慶馬家營精神病醫院，來了一位特殊的病人，他就是被考古界譽為泰斗的苗君儒教授。

幾個月前，苗君儒教授突然失蹤，警方費了九牛二虎之力，都無法找到他的蹤跡。直到上個星期，才有人在雲南的一個小山村裏發現了他。

當時那裏剛剛發生過芮氏六點八級的地震，並引發了玉龍山主峰的雪崩。他被人發現的時候，精神完全處於狂亂狀態，不斷瘋言瘋語，說什麼「沒有人活著離開……古墓……史前動物……神秘現象……」

所有的人都以為他瘋了，只有瘋子才會說出那樣的話。

但是他失蹤的那段經歷，很快成為大家關注的焦點。在人們對頻繁的戰事已經麻木的時候，這樣的怪事反倒引起了更多人的興趣。

一個很正常的考古界泰斗人物，為什麼在失蹤幾個月後，變得精神不正常，那幾個月裏，在他的身上，究竟發生了什麼事情？

經過短時間治療後，苗君儒的狀態逐漸穩定下來，他開始變得沉默孤僻，任何人問他的話，都不回答。兩天後，他被送入精神病院，關進特種病房，不得與任何人見面。

他越是這樣，越引起人們對他的種種猜測。

報紙上他的相關報導，更是長篇累牘，一撥撥前來挖掘新聞的記者，被醫院門口的員警無情地擋在了門外，儘管如此，仍有不少記者通過各種手段進入了醫院，可惜他們最終無功而返，從醫院的大門到苗君儒的特護病房，要經過四道關口，一道比一道嚴格。

是什麼人不讓苗君儒和外界接觸，那些人這麼做的目的，是不是在掩蓋什麼？

每天在醫院門口翹首等候新聞的人，不下二十人。

一輛灰色的小轎車進了醫院的大門，逕自開到醫院後面的特護樓前，從車上下來兩個穿黑色西服的人，這兩個人一路暢行無阻，進樓後，他們上了三樓，來到苗君儒的特護病房。

「請你出去！」其中一個人對站在苗君儒身邊的中個子年輕人說，口氣不容人置疑。

站在苗君儒身邊的是他的助手謝志強，是唯一一個被允許進來探望的人，但是探望的時間不允許超過一個小時。

這些人找苗君儒做什麼，他們之間進行了什麼樣的談話？外人並不知道，就連看護老師的謝志強也不知道。那些人每次來的時候，他都被人強行從老師的身邊趕走。

和前幾次一樣，這些人進來不到十分鐘就匆匆離去。

「老師，告訴我到底發生了什麼事情？」謝志強進門後望著老師，他已經不止一次問同樣的話了。

苗君儒仍是那樣，目光呆滯、無神地望著窗外。

窗外那棵長滿桃子的桃樹上，幾隻麻雀在枝頭跳來跳去，鬧得正歡，幾個穿著條紋病服的病人，在草地上做著奇怪的動作，誰都不干擾誰，各自沉浸在自己的幻想中，一切都顯得那麼平靜。

苗君儒沒有說話，他的眼神望著桃樹上的那幾隻麻雀，人要是像麻雀那樣自由，那有多好？可是他不能，自從在那個小山村被人發現之後，他就失去了自由。

這幾個月發生在他身上的事情，他連想都不敢，一想起來，渾身就止不住的顫抖，實在太可怕了，一具具腫脹而扭曲的屍體，一張張青灰色而乾枯的面孔，那血一樣的字體，奪人心魄的恐怖怪聲……

「老師，你沒有事吧？」謝志強驚叫著上前，扶著渾身顫抖的老師。

守在門外的兩個彪形大漢聞聲進來，護士也來，給苗君儒打了一針鎮靜劑，他很快穩定下來，閉著眼睛休息了一會兒，仍無神地望著窗外。

那兩個彪形大漢見沒什麼事，返身回到了門口，很盡職地站在那裏，他們有六個人，每八個小時換一班，任務是不允許閒雜人等進入苗君儒的病房。

謝志強有些悲憐地望了老師一眼，轉身走了出去，他穿過走廊，下了樓來到門口，看見了一個穿著黑色風衣，戴著禮帽的男人。

謝志強走上前問：「張警官，有沒有他的消息？」

謝志強所說的他，是苗君儒的兒子苗永健，苗永健從小就跟著父親苗君儒學考古，在國內的考古界，算是個後起之秀中的佼佼者，在苗君儒被人接回重慶的當天晚上，突然失蹤了。

「和幾個月前苗君儒失蹤時一樣，一點線索也沒有！」張警官說：「你確定你老師回來的那個晚上，只有他和苗君儒在一起？」

「沒有別人，那天晚上我不在，」謝志強說。

張警官的全名叫張曉泉，負責調查幾個月前的失蹤案件。在苗君儒失蹤的時候，同時失蹤的還有兩個剛從國外歸來沒有多久的生物專家和地質專家，這件事在當時引起了很大的震動，也惹來高層的重視，可是幾個月來，那些人就像在地球上失蹤了一般，一點線索也沒有。高層人物忙於如何穩定其在中國的統治，專於研究戰術和調兵遣將，早將這事忘在了腦後，但負責此案的張曉泉，卻覺得此案非同小可，一心要查個水落石出。現在，失蹤了數月的苗君儒出現了，但他的兒子卻又離奇失蹤，還有另外兩個專家，仍沒有下落。

憑著多年的辦案經驗，張曉泉覺得這失蹤的幾個人之間，肯定有什麼關聯，可惜他到現在，都查不出其他的線索。唯一知道的，就是苗君儒失蹤前，曾見過一個神秘的客人。他在警界，也算有些名氣，曾經破過不少大案奇案，可在這個案件上，卻有些束手無策，幾個月來，心裏憋了一肚子的火，非要把這案子破了，否則於心不甘。

他雖然能夠進得了醫院，卻沒有辦法進到苗君儒的特護病房，所想的問題當然也找不到答案。但是他從那些直接進入苗君儒特護病房的人身上，似乎覺察到了什麼，整件事情，恐怕沒有那麼簡單。

他在開始調查苗君儒失蹤案件的時候，就認識了謝志強，他點燃了一根煙，接著問，「你知道那些來找你老師的，是什麼人？」

他望向特護大樓後面的平頂山，山上樹木鬱鬱蔥蔥，一派生機，整個醫院背山臨江，風景怡人，這裏原來是一所法國人開的小型醫院，規模並不大。民國廿七年開始，隨著各地避難的人潮湧入重慶，這裏漸漸成了達官顯貴們的療養場所，再後來，一些在政治上倍受傾軋，失去昔日輝煌的人，來到這裏接受心理上的治療。也不知道從什麼時候開始，這裏就成了重慶市的精神病院。前面兩棟住院大樓，是一些普通的人，而後面特護大樓裏住著的，都是在政治上比較敏感的人物。

「那些人好像有很大的來頭，」謝志強說。外面的那些記者，早把眼光盯住了他，所以他每次都是偷偷的來，偷偷的離開。

兩人走到葡萄架下，見特護大樓的旁邊，一些穿著便衣的男人，警覺地走來走去，不讓任何人接近大樓。

「你好像有什麼事情想對我說，」張曉泉說。他已經從謝志強的神色上看出來了。

「哦，沒有什麼，我先走了！」謝志強說完離開了。

張曉泉離開的時候，隱約看到特護大樓四樓的一個窗前，似乎有什麼人在看著他，當他正眼望去的時候，卻找不著了。

回到警察局，張曉泉被局長告知，失蹤案不需要再查了。

「為什麼？」張曉泉望著局長，「難道我們這幾個月來的辛苦，都白費了，現在剛好找到一點頭緒，苗君儒不是……」

局長擺了擺手，不讓張曉泉再說下去，「是上面的意思，你接手另一宗案子吧！」局長接著說，「剛剛接到報案，重慶大學老校區內死了一個女教授，是原來北京大學的，抗戰勝利後，還沒有來得及回去。」

「我馬上去！」張曉泉轉身離開。

一九二九年重慶大學創辦的時候，校址就在菜園壩，一九三三年搬到了現在的沙坪壩嘉陵江畔。抗戰開始後，北京、天津、南京、上海等地的一些學校，先後遷到了重慶和雲南兩地。搬到重慶的，在重慶成立國立中央大學；而搬去昆明的，則在昆明成立西南聯大，並重新開設課堂。

這樣一來，使得重慶市區的一些學校變得空前的擁擠，被迫起用原來荒廢的校園。

苗君儒是北大的考古系教授，他本該和其他教授一樣，由長沙轉到昆明，在西南聯大任教。由於政治方面的原因，他和幾個頗有建樹的考古系教授，被留在了重慶，安排在了重慶菜園壩的老校區。抗戰勝利後，由於戰事等諸多原因，很多師生還沒有來得及遷回去。

張曉泉走上樓，腳下的木板傳來不堪重負的「嘎吱」聲，這座兩層小樓座落在校區的偏僻處，平時就很少有人來，原先這裏住了不少人，後來陸續搬走了，樓上樓下就剩下兩戶人。

小樓外牆的磚面經多年的雨水沖刷已經剝離，整個看上去很殘舊，加上被兩旁高大樹木籠罩著，很少見到陽光，使整棟樓顯得黑暗和陰森。樓板上倒還整潔，是時常有人打掃的緣故。

死者就在二樓盡頭一間不足二十平米的房間裏，張曉泉走進去，看到窗戶下邊有一具用白布蓋著的屍體，整個房間兩邊是兩排書架，書架上和地上都擺滿了書，幾乎沒有讓人落腳的地方，就只在靠窗的那邊拉了一個布簾，布簾的後面是一張簡易的床，就是死者休息的地方了。由於事先交代過，死者還沒有被抬走。

地板上全是血，都已經凝固了，空氣中瀰漫著一股很刺鼻的血腥味。

張曉泉已經聞慣了這種味道，他掀開白布，看到一張風韻猶存的臉，這女人看上去最多不超過四十歲，實際上她已經五十四歲了，興許是保養得體的原因，歲月的滄桑並沒有在她身上留下太多的痕跡。死者年輕的時候，一定是個美人胚子。

傷口在頸部，並不深，但已經割斷了動脈，流血過多而死。

「她叫廖清，是民國廿六年從北京大學遷來的，也是考古學的專家，兇丁是用這把刀殺了她，」一個警官小心地拿著一把看似刀子的工具，「她被人發現的時候，已經死了很久了，住在樓下的人說，半夜的時候聽到樓上有很大的聲響。」

張曉泉戴上手套，接過兇器，這是考古人用的小鏟，一般情況下，這種小鏟的鏟頭不會太鋒利，可是眼下這把鏟的鏟頭，好像被人特意磨過。

「據樓下的人說，昨天晚上，好像有一個男人來找過她，」那個警官說：「而且聽到他們發生了爭吵，但是沒有多久，那個男人就走了！樓下的人還說，好像聽到他們在說什麼玉，還有父親什麼的，反正聽得不是很明白！」

「玉？父親？」張曉泉望向死者，看到死者臉上的神態很安詳，他突然想到，死者為什麼要自殺？

通常情況下，被殺的人，臉上的神色不是驚恐就是痛苦，只有自殺的人，才死得這麼心安理得。

「她有什麼親人？」張曉泉問。

「身邊只有一個女兒，叫程雪梅，是嘉陵晚報的記者，」那個警官說：「我們和報社聯繫過了，報社那邊說前些天安排她去採訪苗君儒，可是這幾天，她沒有去上班。」

張曉泉一愣，難道又一個人失蹤了？

苗君儒與死者都是北京大學的考古學教授，一個瘋了，一個自殺，他們二人是什麼關係？他們的兒女，在短短數天內，先後失蹤，這裏面究竟有何聯繫？那個來找她的男人是誰？他們談的玉，究竟是什麼呢？

「程雪梅知不知道她母親死的事情？」張曉泉問。

「估計不知道，」那個警官說：「據樓下的人說，她只是偶爾回來看望一下。」

張曉泉的腦海中突然冒出一個人的名字，那就是幾個月前失蹤的地質專家程雪天，這程雪天和程雪梅之間，難道又有什麼牽連嗎？

在他所掌握的資料裏面，程雪天是在去年抗戰勝利後回國的，父親程鵬，是美籍華人，原來也是北京大學的考古系教授，一九二七年去的美國。

「程雪梅今年多大？」張曉泉問。

「民國十六年生的，」那個警官回答，「你問這個幹什麼？」

民國十六年就是一九二七年，事情怎麼這樣湊巧？程雪梅出生的那一年，程鵬帶著兒子去了美國。

「這裏有她的個人資料嗎？」張曉泉望著那具屍體問。

那個警官搖了搖頭，「當時各大學校來的人，都擠在一起，他們來的時候，除了書，其他的都丟了，眼下也沒有辦法查，都什麼時候了，還管那檔子事情？」

眼下國內的形勢確實很亂，到處都在打仗，這個警官也說得不錯，誰還有閒工夫來管這些？重慶每天都有很多無名屍體，要是一具具的去查，還不把人累死呀？

進來兩個穿白衣服的收屍人，將屍體抬了出去。

張曉泉望著書架上的書，除掉落在地上的外，並沒有翻動的痕跡。在死者床邊的一張簡易書桌上，有一本被撕掉的日記。他的鼻子似乎聞到了一絲焦味，看到窗台上，有一些燒過的紙片。他快步下了樓，來到窗下，在草叢間找到了幾片未燒盡的紙片，見上面留著娟秀的字跡：恨你……那果……靈玉……死……

玉！莫非廖清的死，和玉有關？她恨的人，到底是誰？為什麼自殺前要燒掉這些東西？

張曉泉再一次想到了精神病院中的苗君儒，以及他說過的那些瘋話，看來，此事只有在他身上才能找到突破口。

回到警察局後，張曉泉一再提出和苗君儒見上一面，局長表示無能為力，離開局長辦公室的時候，他決定用自己的方式，不管能不能夠找得到答案。

夜，很黑，幾乎伸手不見五指。

前往洪恩寺的崎嶇石板道上，走來了一個瘦小的身影，那個身影時走時停，一副很警覺的樣子，上完台階，來到洪恩寺前放生潭旁邊的一棵大樹下，蹲了下來。

寺院內早已經熄了燈火，僧人們也都進入夢鄉，去聽佛主講禪了，周圍除了幾聲秋蟲的鳴叫外，便是死了一般的寧靜。

樹底下的那個人蹲了片刻，手裏拿了一樣東西，起身離去。

張曉泉還沒有用自己的方式去見苗君儒，就又趕到了另一宗兇殺案現場。

死者是一家古董店老闆，叫古德仁，在臨江路開古董店已經有好幾十年了，是個行家，懂貨，所以生意一直很不錯，不少達官貴人買了東西都來請他鑒定，在古董界也是一個有頭有臉的人物。

古德仁就趴在書桌上，被人從左腋下捅進了一刀，被人發現的時候，已經不行了。

最先發現死者的夥計，就站在一旁，低著頭一副很害怕的樣子。

從夥計的描述中，張曉泉瞭解到，今天上午，店裏來了一個很漂亮的女人，好像有什麼東西要找古德仁鑒定。古德仁替客人鑒定古董的時候，一般都在一間特定的廂房裏，從不讓夥計進去。通常情況下，鑒定一件古董，花幾個小時是很正常的事。

那個女的沒過多長時間就離開了，夥計們見老闆久久沒有出來，覺得有些蹊蹺，就去廂房中看，結果看到老闆倒在地上，滿地都是血。

兇器是一把大號的剪刀，是廂房中的物品，兇手是順手拿起來殺人的。地上還有一些玻璃碎片，是古德仁手中的放大鏡摔碎所致。

依現場的情形看，古德仁根本沒有防備那個女人會朝他下手，是在猝不及防的情況下被殺的。

古德仁死之前，只說出了五個字：靈玉……那果王……玉，又是玉！

考古專家，古董店老闆，女人，玉！這幾者之間，想必有著很大的關係。

考古專家的死，和玉有關，這個女人帶著玉來請古董店老闆古德仁鑒定，可是她為什麼要殺掉古德仁呢？

那個女人，究竟是不是失蹤的程雪梅？

古德仁經營古董多年，見過不少奇珍異寶，能夠讓他在死之前還念念不忘的，絕對是非同凡品。那塊玉，又是一塊什麼樣的玉？

在書桌上方的壁櫃裏，一張鏡框內的照片引起了張曉泉的注意。那張照片是四個年輕人，三男一女，其中的一個是古德仁年輕的時候，站在古德仁旁邊那個人，竟似他見過的苗永健，從照片上方的年代顯示，是民國十二年拍的，絕對不可能是苗永健。

張曉泉拆開了鏡框，果然，在照片的後面，他見到了意料中的四個人的簽名：古德仁、程鵬、苗君儒和廖清。

難怪古德仁對鑒定古董那麼精通，原來他也是學考古的。他不但認識苗君儒和廖清，而且關係非同一般。

廖清因玉而死，古德仁因玉被殺，要想知道事情的真相，只有找苗君儒。

在沒有找到失蹤的那幾個人之前，張曉泉沒有第二條可選擇的路。

夜已經很深了。

前面的住院大樓亮起了一些燈火。

苗君儒仍然坐在窗前，見樓前的空地上，比白天多了一些人影，那些都是「保護」他的人。

兩個穿著白衣服、戴著口罩的醫生和護士順著走廊走過來，到了苗君儒的特護病房前。

那兩個守護在門口的大漢伸手攔住，其中一個問：「這麼晚了，幹什麼？」

「今天他的情緒不穩定，我們來給他做個檢查，」那個醫生壓低聲音說道：「萬一出了什麼事情，你們擔得起責任嗎？」

兩個大漢相視望了一下，不再吭聲。突然，醫生和護士手持針筒，趁兩個大漢不防備，一左一右插入兩個大漢的脖子裏，藥水瞬間注入。兩個大漢悶哼一聲，隨即軟倒在地上。

那個護士進了病房，走到苗君儒的面前，從口袋中拿出一個黑呼呼的東西來，這東西在燈光的映射下，呈現出一種朦朧的色彩，苗君儒望著那東西，眼睛頓時大了，露出驚詫的神色來。

那個護士做了一個噤聲的手勢，將東西放回口袋，輕聲道：「快跟我們走！」

「可是外面……」苗君儒起了身，神色與剛才恍若兩人。

「我們有辦法，」那個護士說著，與醫生一起扶著苗君儒出了病房，通過樓梯下到二樓，進了一間醫務儲藏室。儲藏室內有一條通道，是進入地下室的，而地下室有一扇門，連著防空洞。

重慶市有很多防空洞，都是在抗戰時期挖的，日本人投降之後，就被閒置下來。只要進入了防空洞，就可以出去了。

他們剛進入儲藏室，從後面跟上來一個穿著白衣服的人影。那個人進門後，迅速把門關上，並拔出了槍。

「程雪梅小姐，雖然我查到你和醫院內一個姓楚的醫生關係不錯，但想不到你居然能夠進到醫院裏，還能夠把苗君儒劫走！」那人取下臉上的口罩，竟是張曉泉。他剛才在住院大樓那邊換了一套醫生的制服，混過了樓下的人，在上二樓的時候，剛好看到他們三個人下來。

那個護士轉過身，摘掉口罩，露出一張非常俏麗的面孔，正是失蹤了的程雪梅。她望著張曉泉：「大名鼎鼎的張警官，果然厲害！」

「我想知道你為什麼要殺掉古德仁，」張曉泉說：「而你母親為什麼要自殺？」

「你說什麼？廖清她自殺了？」苗君儒一下子又變得癡呆起來，喃喃道：「她真的……真的實現了當初的……諾言……其實……死的人應該……是我……」

走廊內響起了紛雜的腳步聲，伴隨著幾個男人的叫喊。

「你們想把他帶到哪裏去？」張曉泉問。外面的情勢不容人再拖延，那些人遲早會找到這裏。

「現在沒有時間說這些，要麼你開槍，或者把我們抓起來，要麼你放我們走！」程雪梅說，「張警官，你不應該插手這件事情的，對你沒有好處，你知道外面的那些人是什麼人嗎？是中統局的人，你惹不起！」

張曉泉其實早就猜到了，局長不讓他再查下去，肯定是有內因的。

「我只是想找到答案，」張曉泉說，「我的職責是將案件追查到底！」

「他們在儲藏室裏！」外面有人叫起來，腳步聲朝這邊追了過來。

程雪梅的手上出現一把小手槍，她吩咐身邊的醫生：「楚醫生，快點把人帶下去，那邊有人接應的！」

楚醫生扶著苗君儒剛進通道，儲藏室的門就已經被人撞開，幾個身影衝了進來。

程雪梅手中的槍響了，擊倒了衝在最前面的人。其餘的人見狀，亂槍齊發。張曉泉閃身躲在一個鐵桶的後面，避開射向他的子彈。這種情形下，根本沒有他向那些人解釋的機會，如果不反抗的話，子彈可是不長眼的。他抬手幾槍，放倒了兩個人。

雖然屋內黑暗，剛進來的人一時間還不適應，但張曉泉身上那白色的衣服，卻已經成為那些人的目標，子彈幾乎都朝他那邊招呼。

「謝謝你了，張警官！」傳來程雪梅的聲音，他偷眼望去，見她已經進了通道，有兩個身影正朝那邊撲去。他脫掉白色衣服，往旁邊一拋，趁著那些人掉轉槍口的時候，衝出了藏身之處，兩槍撂倒那兩個衝到通道口的人，順勢滾入通道。

還好通道沒有台階，是向下平滑的，寬度並不大，剛好一個人通過。他的身體在地上滑了一陣，落在一堆貨物上。

「快走！」前面傳來了程雪梅急促的聲音。

張曉泉起身，看到前面有些亮光，三個人影打開了一扇門。他剛走開幾步，上面又下來一個人，差點撞在他的身上。也不管三七二十一，他朝那人開了一槍。

剛才程雪梅那一句：謝謝你了，張警官。已經將他的命運和她捆在了一起。他相信，聽到這句話的，絕對不止他一個人，那些中統的人是絕對不會輕易放過他的。

他幾步衝上前，拉住程雪梅的手：「程小姐，你剛才那句話，害死我了！」

程雪梅微笑道：「張警官，你開槍幫我，我怎麼能不說謝謝呢？」

張曉泉頓時啞口，剛才的情況，要是他不開槍，會被那些中統的人射成馬蜂窩。

「你不是想知道答案嗎？那就請跟我走！」程雪梅順手把那扇鐵門關上，並在把手處插上了一根鐵棍，這樣一來，裏面的人怎麼也打不開了。

楚醫生一手拿著一個手電筒，一手扶著苗君儒。一行人在防空洞內走了半個多小時，出了一個洞口。張曉泉見洞口停著一輛加長敞蓬軍用中吉普。

這是一次有著周密策劃的行動，張曉泉對程雪梅道：「程小姐，看來你的真實身分，絕不僅僅是女記者那麼簡單！」

「你是跟我們一起走尋求答案呢？還是留在這裏？」程雪梅問。

「都到這程度上了，別無選擇！」張曉泉說著，上了中吉普的後座。程雪梅和楚醫生扶著苗君儒坐在中間。

車子開動，向前駛去。張曉泉見開車的是一個很幹練的小夥子，旁邊還坐了一個拿著槍的中年人，謝志強坐在最後面。他看了一下周圍，認出是精神病醫院的後山。

「程小姐，你可以回答我剛才的問題了，」張曉泉說。

程雪梅並沒有回答張曉泉的問題，卻說道：「兩天前當我發現被人跟蹤的時候，就決定自我失蹤了，可惜我沒有辦法救出另一個人！」

「誰？」張曉泉問。

「苗永健，」程雪梅說，「他被關在白公館，如果我不失蹤的話，也到那裏面去了。」

白公館是關押政治犯的地方，失蹤的苗永健被關在那裏，倒是出於張曉泉的意外，他想到了另外的兩個人，難道也關在裏面去了？

「古德仁是我殺的，我找他只想弄清楚這塊玉的歷史，沒想到他告訴我母親的真正死因！」程雪梅說。

「從現場來看，你母親是自殺的！」張曉泉說。

「是他逼的，」程雪梅說：「他們三個人，都知道這塊玉的價值，苗教授失蹤的那幾個月，也是由於這塊玉！」

「他憑什麼逼你母親？」張曉泉問。

「這是他們幾個人之間的恩怨，我也不想知道太多，」程雪梅頓了一下，接著說：「他想獨吞那塊玉，我趁他不注意的時候，用一把剪刀殺了他，當時他並沒有死，也沒有叫喊，只要我快點離開！」

「這麼說來，他知道你會殺他，」張曉泉說。被害人被殺後，還叫兇手快走的，他辦案這麼多年，還是第一次遇到這種事。

「都是那塊玉呀！他們……不相信……不相信我說的話！為了證明那段歷史……就跟著那些人……還有雪天……去尋找古墓……」苗君儒低著頭，含糊不清地說著，顯得很傷感。

中吉普轉過一個山道，正要下坡，卻見旁邊的一條岔道上衝過來幾輛車，前面的是兩輛小轎車，後面跟著一輛大卡車。雙方還有一段距離的時候，開在最前面小轎車上的人開槍了，子彈如雨般潑過來。

坐在右側的楚醫生突然「哎呀！」一聲，手捂著胸前，痛苦地蜷縮在座位上！

坐在前排的那個中年人拿出一把司登衝鋒槍，朝卡車掃去一梭子。中吉普下了坡，拐上一條山道！那中年人跳下車，朝他們叫道：「你們快走，我來擋他們一陣子！」

以一己之力想擋住那麼多人，張曉泉覺得這人也太自不量力了，他有些想笑，卻絲毫笑不出來，看到那人伏在馬路邊的石頭後面，朝卡車開火，心中突然被一種莫名的感動撞擊著，那人明知道會死，只想以自己的死亡，換取車上這幾個人一點逃亡的時間，這樣的自我犧牲，絕非普通人能夠做得到。

程雪梅推了一下楚醫生，見他的身體軟癱著，已經不行了。她忙用手按下苗君儒的身體，以躲避後面射來的子彈。謝志強趴在車中，時不時朝後面開上一兩槍。

中吉普加快了速度向前衝去。後面傳來一聲劇烈的爆炸，張曉泉趴在後座上，側身望去，見後面冒起一股沖天大火，當下心中一凜。

「不要……管我，……讓我死吧！小清……我對不起你……」苗君儒不顧生死，將身體挺直強坐著。

程雪梅哭道：「苗叔，我媽要我好好照顧你！」

「你媽……你媽都告訴你什麼了？」苗君儒呆呆地問。

中吉普在崎嶇的山道上飛馳，暫時躲過了後面那些人的追擊。

張曉泉心中暗驚，聽程雪梅的語氣，她明明知道自己的母親會死，為什麼不去阻攔呢？她母親究竟告訴了她什麼？

他想起了程雪梅說過的那句話：這是他們幾個人之間的恩怨。莫非照片中的那四個人，還有解不開的個人恩怨，而這恩怨，都與那玉有關？

程雪梅哭道：「她只要我拿這塊玉給你看，說你會知道的。苗叔，我也有一點不明白，你一回來就被人控制住了，是怎麼把那塊玉放在洪恩寺的那棵樹下去的，而且告訴了我母親，要我去拿！」

「她……什麼都沒有……告訴你……」苗君儒突然發出一聲撕心裂肺的大喊：「小清，為什麼你連死都不肯放過我？這麼多年了，你還在折磨我呀！」

苗君儒的叫喊令張曉泉的心懸了起來，這件事情似乎變得越來越奇怪了。

「張警官，那塊玉是屬於人民的，任何個人都別想擁有它，」程雪梅抹了一把淚，對張曉泉道：「你現在還想知道什麼？」

「哈哈……」苗君儒狂笑起來，自言自語：「小清，我只想證實我的研究，那果王朝在歷史上……是存在的……」

「我什麼都想知道，」張曉泉望著程雪梅，坦然道：「你所說的玉，還有他們四個人之間的恩怨，而我最想知道的，就是他失蹤那幾個月所發生的事情。如果我知道這些事情的真相，那麼那些案件就可以找到圓滿的答案了。」

「我失蹤？」苗君儒一臉茫然之色，「誰失蹤了？我是去尋找王陵，那果王的王陵……」他仰頭向天，「多少年了，所有人……都認為我的研究……是空的……我沒有辦法能夠證明……她也沒有嫁給我……程鵬……程鵬把她娶走了……哈哈……」

苗君儒處於癲狂狀態，但從他那斷斷續續的話中，張曉泉聽出了一些端倪。

車子猛地剎住，程雪梅驚問：「怎麼了？」

開車的小夥子回答道：「你看前面！」

張曉泉和程雪梅一同望向前面，見前面的山道上出現一溜車燈，正是朝這邊來的。沒有第二條路可以走，左側是山林，右側是嘉陵江，前有擋路，後有追兵，情況萬分緊急。

「你們上山，」開車的小夥子說道：「從這邊翻過去，只要到達縉雲山，就能夠找得到我們的人！」

張曉泉清楚在縉雲山一帶，活躍著幾股從華瑩山那邊過來的遊擊隊，國民政府多次派兵前去征剿，都無功而返。在重慶市內，有許多從事地下情報工作的人，當局怎麼抓都抓不盡，程雪梅應該就是那些人中的一個，否則，一介女流，怎麼行事那麼乾淨利索？

「下車，」程雪梅和謝志強扶著苗君儒下了車，向山林而去。張曉泉遲疑了一下，跳下車，跟在他們的身後。

那小夥子啟動車子，繼續朝前衝去。

「我要……是不去尋找……王陵……他們就不會死……你哥哥他……」苗君儒被程雪梅扶著，口中兀自喃喃自語，「他回國……想報效國家……可我們的國家……已經不是……」

失蹤的地質專家程雪天無疑就是程雪梅的哥哥，可是苗君儒怎麼知道程雪天已死，難道失蹤的那段時間，他們都在一起？包括另一個失蹤的生物專家。張曉泉想到：這幾個專家聚集在一起，就是去尋找王陵，可是與那塊玉又有什麼聯繫呢？

三個人爬了一段路，站在一處山坡上，看到那輛中吉普的燈光，在離那些車子不遠的地方，衝入了右側波濤洶湧的嘉陵江。那小夥子那麼做的目的，就是要讓那些車上的人看到，以為中吉普車上的人，都已經隨車墜入江中了。

「那天……那天……他帶一個人來找我……拿出了……我連想都不敢想

的東西……是真正的……真正的萬璃靈玉……是唯一證明……證明那果王朝的……」苗君儒似乎陷入了對往事的回憶中，全然不顧身邊的險境。

第二章

萬璃靈玉

苗君儒口中喃喃道：

「……其色如墨，於黑暗之中放五色毫光……置掌之上，

集溫而釋雲靄……入水則水如墨，其毒無比……」

盤中的黑色玉石，放射出閃爍不定的五彩毫光，

耀得眾人眼花繚亂，神態逐漸迷離起來。

恍惚之中，那黑色玉石上浮現一個活生生的動物。

那是去年冬天的一個下午。大雪紛紛揚揚，覆蓋了整個山城。

苗君儒正在房間裏寫考古論文，準備參加一九四八年十月在美國三藩市舉行的全球考古工作者會議。

兒子苗永健推門進來，輕聲道：「爸，有一個姓古的先生要見您！」

苗君儒放下手中的筆，惱火道：「永健，我不止一次對你說，在我工作的時候，不要來打擾我！」

苗永健為難道：「我也說了，可是那個姓古的先生說，他知道您不願意見他，可是要想證實您當年的研究，就必須見他一面。」

「我當年的研究？」苗君儒愣了一下，起身走出書房。

在客廳裏，苗君儒見到一個穿著長衫，套著貂皮背心，頭上戴著狐皮帽的中老年男人，他就是重慶市最大的古董店——古餘軒的老闆古德仁，古德仁的身邊站著一個三十多歲，一身質地考究的西服，眉宇之間有幾分逼人氣勢的男人。

一見到苗君儒，古德仁不陰不陽地說道：「三十年了，你的脾氣還是老樣子，為了你所謂的課題，失去了那麼多，值嗎？」

對於古德仁的到來，苗君儒並不高興，正要叫苗永健將來人趕出去，不料那人道：「我們今天來，是想請你看一樣東西。」

苗君儒冷然道：「誰不知道古餘軒的老闆是看貨的行家，還用得著我嗎？」

古德仁沒有答話，走到正對著門口的屏風前，看著左面牆邊的櫃子，裏面放了一些明清時代的瓷器，旁邊養了一些魚的魚缸，又看了看右邊窗戶上掛著的小葫蘆，在苗君儒的書房門口，一左一右，還擺了兩盆細葉松。

「都說考古的人懂風水，這話一點都不假！」古德仁說道：「你這居室雖小，但依風水所擺，金木水火土五行不缺，靠東的窗台上，放了一個收煞的吉祥物，主居者無病無災，事業興旺，要是在正西方位供上一尊文財神，可就財源廣進了！」

「你胡說些什麼？」

苗君儒怒道：「屋內放盆景，既可以調節空氣，也可以協調整個房子的顏色，不顯得那麼單調，養魚是我的愛好，至於窗戶上的小葫蘆，是一個朋友的孩子來玩時，隨手掛上去的，考古講究的是事實和證據，是科學，別把你那套迷信的理論強加在上面。什麼風水，那是古人所信仰的東西。」

「好好好，我不和你爭，風水這東西，信則有，不信則無，」古德仁的神色變得神秘起來：「這位先生帶了一樣東西來給你看，是和那果王朝有關的！」

「你可別對我說是萬璃靈玉，」苗君儒冷笑道：「這幾十年來，我看過的萬璃靈玉，沒有一百，也有好幾十塊，算我當年一時衝動行不行？現在我告訴你，那果王朝只是傳說，並不存在！」

「可是你當年卻一再堅持，說什麼那果王朝就像大秦王朝一樣，存在的時間雖然短暫，但是……」古德仁的聲音大了起來。

「不要說了，都過去那麼多年了，再過些年，你我也都入土，就不會再爭了，」苗君儒厲聲打斷了古德仁的話，「每個人都知道秦始皇的存在，可是又有誰相信兩千多年前，在雲南、四川、西藏交界的地方，有個那果王，他統治下的那果王朝鼎盛一時，卻又奇蹟般的消失……」

古德仁歎了一口氣，沉聲道：「為了那果王朝，你不值，我不值，小清更不值，她恨你一輩子，明白嗎？」

苗君儒跌坐在沙發上，喃喃道：「你以為我活得很好嗎？我已經放棄了對那果王朝的研究，我認輸了，可是她仍不肯原諒我。」

古德仁在苗君儒的對面坐了下來，低聲道：「如果我沒有看到這位先生帶來的東西，也許我和三十多年一樣，不相信你的研究，現在，我信了！」

苗君儒起身進到書房，從裏面捧出十幾塊黑色帶斑紋的玉石，放到茶几上：「這都是萬璃靈玉，你要的話，可以拿走，白送給你！」

古德仁有些火了，說道：「苗君儒，你可以像當年那樣侮辱我的人格，但不可以懷疑我的眼光，我古德仁見過的萬璃靈玉也不比你少，這麼多年我幫別人看這麼多的東西，很少有走眼的。你這個在國際上享有名譽的考古專家，並不比我這個生意人強多少。」他緩和了一下口氣，「我今天帶東西來給你看，是想進一步得到你的驗證，也是在幫你，你研究的那果王朝，在歷史上應該確實存在過。」

苗君儒笑起來，說道：「你終於承認了？」看著古德仁那斷了一截小指的左手，又說道：「可是你當年卻為這斷了一截指頭，還記得你當年立下的誓言嗎？」

「立下誓言的不止我一個，還有小清！」古德仁說。

「我來這裏可不是聽你們講過去的事的，」那個中年人不耐煩地說，他從口袋裏拿出一塊黑如墨色的石頭來。

由於外面下著大雪，屋內沒有開燈，顯得有些黑暗，但是那人一拿出那塊石頭後，整個屋內頓時呈現一種奇異的色彩。那塊石頭就在那人手掌上，從石頭上冒出像霧一樣的氣體，在石頭的周圍繚繞著。那人用嘴對著石頭吹了一下，霧氣頓時散去，露出光潔且泛著異樣色彩的表面來。

苗君儒望著那人手掌上的石頭，呆住了。

古德仁吩咐站在一旁的苗永健：「麻煩你去打一盆清水來！」

不一會兒，苗永健用洋瓷面盆打來了一盆清水，放在地上，古德仁從身上取出一把特製的鉗子，從那人手中夾起那塊石頭，放入盆中。

苗君儒口中喃喃道：「……其色如墨，於黑暗之中放五色毫光……置掌之上，集溫而釋雲靄……入水則水如墨，其毒無比……觸膚即爛，不可救也……」

苗永健站在旁邊，看著那石頭入水之後，一盆清水瞬間變了顏色，越來越黑，最後變得像剛磨出來的墨汁，散發著一種沁人的香氣。

古德仁在茶几上鋪了一塊布，從櫃子上拿下一個明朝萬曆年間的青花盤子，將盤子放在布上，用那把鉗子將石頭飛快鉗出，放入盤子裏。石頭上帶出的水珠掉在盤內，竟不可思議地滲了進去，白青相間的盤子上多了幾點黑點，與原先的花紋格格不入，變得不倫不類，顯現出一種莫名其妙的詭異色彩。

苗永健看到古德仁手中的鉗子，竟似被濃硫酸腐蝕過一般。

「快點把水倒掉，否則這盆子就爛掉了，小心點，千萬不要讓水濺到你的身上，」古德仁對苗永健叫道。

苗永健已經從父親剛才的話中，知道這些水的可怕之處，當下不敢大意，小心端起盆子，來到廁所間，倒進了馬桶裏，並拚命的放水沖。凡是具有腐蝕性的物質，需要用大量的水稀釋。他看到手中的盤子，已經被腐蝕得不成樣子，顯是不能再用了。

自從那人拿出了這塊黑色的石頭後，苗君儒就如同被人擊了一悶棍，整個人幾乎呆了，直覺告訴他，這塊東西，與他以前見過的完全不同。他默默地看著古德仁對萬璃靈玉做著檢驗。

三十多年前，他進入雲南西部和西藏交界的地方考古，聽到了一些那果王朝的傳說，傳說中，在很久很久以前，羌族出了一個很殘暴的那果王，他帶著自己的軍隊遠征天竺，帶回了無數奇珍異寶和一個美麗無比的女人。為了討得那個女人的歡心，他不顧黎民死活，大肆修建奢華的宮殿，他的殘暴最終使得他的同族人忍無可忍，十八位南夷土王共同起兵討伐，在一個風雨交加的晚上，他的王宮被對手攻入，他和那個美麗無比的女人，以及無數奇珍異寶，一同離奇消失了。多少年來，無數人想尋找埋葬那果王的古墓，都毫無結果，更不要說那些所謂的奇珍異寶了。

要想找到那果王朝，必須找到他隨身佩帶的萬璃靈玉，年輕氣盛的苗君儒，相信那果王朝的存在，將尋找失蹤的那果王朝列為自己的主修課題，但是幾年下來，他毫無成果。關於那果王朝的傳說，只在民間流傳，他查遍相關的資料，都毫無那方面的記載。

只在收集民間傳說時，知道萬璃靈玉是一塊色如墨，在黑暗裏放射五色毫光，遇到溫度就冒出雲霧，遇水可以使水變黑，而且毒性很大的奇怪玉石。

三十多年了，他無數次到雲南和西藏，進入雲、貴、川、西藏等偏遠地區，也找到了不少所謂的萬璃靈玉，他已經打算放棄了，也許那果王朝，真的僅僅只是傳說而已，並不存在。今天，他終於看到了傳說中的現實。

如果這塊萬璃靈玉是真正的，那麼，傳說中的那果王朝就肯定存在。

他以前收集到了那些假萬璃靈玉，有的也會放光、釋霧、遇水化毒，但那些都是人為的，為了以假冒真，很多人挖空心思，用一塊磁鐵，刷上一層又一層放了白磷等特製藥水的墨汁，在人前拿出來，黑暗中確實能夠放光，也會釋霧，入水後墨汁融化且水中有劇毒。但這些手段騙別人可以，到了他這裏，一切都揭穿了。

有一些冒充萬璃靈玉的黑玉，本身就是玉中的極品，被人這麼刻意的一雕琢，倒失去了原先的價值。

他看著瓷盤中的玉石，眼睛頓時朦朧起來，他問那人：「這塊東西，你們是在哪裏找到的？」

那人道：「你先不要管這麼多，只要告訴我，這塊東西是不是真正的萬璃靈玉？」

在沒有進一步對這塊黑色的玉石研究之前，苗君儒不會輕易下斷語。他捧起盤子，正要去書房做進一步研究，不料那中年人道：「苗教授，你要研究的話，就請在這裏研究。」

「為什麼？」苗君儒有些惱火，從沒有人請他看東西又這麼不客氣地對他說話的，若不是看在這塊玉石的份上，他早就甩手進房，讓兒子下逐客令了。

「這是我定的規矩，」那中年人面無表情地說，言語之間很傲慢。

「他是誰？」苗君儒很不高興地問旁邊的古德仁，他想弄明白這中年人的來頭，說話這麼狂的人，他還是第一次見到。

古德仁有些尷尬地笑了一下，介紹道：「這位是陳先生，我和他也是第一次見面，看在我的面子上，你就多包涵些吧？」

古德仁說了等於白說，苗君儒瞟了陳先生一眼，冷然道：「請你把東西拿回去，我已經放棄對那個課題的研究了。」

陳先生一聽急了，忙用求救的目光望著古德仁。

古德仁陪著笑道：「我知道你的脾氣，陳先生可不知道，冒犯之處還請你多加諒解，像你這種搞研究的人，性格與常人不同，是可以理解的。」

陳先生的臉上露出極不自然的表情來，朝苗君儒供了一下手，語氣頓時變得謙和了許多：「對不起，苗教授，我是怕這東西……」

「你是怕我把它換掉！」苗君儒一語道破了陳先生的顧慮所在，「你也太小看我苗某的為人了！」

古德仁連忙道：「要不我和陳先生一同陪你去書房，怎麼樣？」

「算了，我就在這裏看，」苗君儒吩咐苗永健，「把我書房裏那藍色封皮的筆記本拿出來！」

苗永健從父親的書房中捧出一本很大很厚的藍色封皮筆記本，放到客廳的椅子上。之後又回書房拿了一副眼鏡和放大鏡。多年來，身為兒子的他，不但是父親的學生，而且是父親的得力助手。

苗君儒戴上眼鏡，一手翻開筆記本，找到畫有一副古怪圖案的那一頁，怔怔地看了一會兒，而後拿起放大鏡，仔細地看著那塊黑色的玉石。

在晶瑩剔透的玉石表面，有一些淺色呈凸起狀的線條，那些看似不規則的線條，縱橫交錯，形成一副奇怪的圖案，這圖案與狗類似，卻又不是狗，身段與虎豹相仿，頭上長了兩隻角。這莫非就是傳說中羌族的遠耶圖騰？

中國古代的圖騰崇拜，可以追述到早期史前文化的發源，是古代自然崇拜和祖先崇拜相結合的一種原始信仰，發生於氏族公社時期。那時候的人們認為，本氏族的人，都與某種動物或植物有著特殊關係，這種動物或植物就被認為是該氏族的圖騰，是這一氏族的象徵和保護者。史前時代的人們把圖騰看得非常神聖。

全族人不能捕殺圖騰動植物，更不能食用，也不能觸摸或說圖騰名稱。人們還要舉行種種隆重的祭祀活動，以示尊敬。氏族成員都以圖騰為驕傲，並且希望得到它的保護。所以，遠古人類的墓地，住所，日用品乃至身體上，都繪有或刻有本氏族圖騰的圖案。在漢族文化中，圖騰崇拜多是具有神話色彩的龍、鳳、麒麟等，也有其他的猛獸，如龍生之九子：贔屭、饕餮、蒲牢、椒圖、螭吻、狻猊、睚眥、鴟吻、趴蝮等等。

圖騰崇拜與遠古時代母系社會的採集經濟、漁獵經濟有關。那時的人們整天與植物動物相伴，混沌相處，由此形成圖騰崇拜。根據神話傳說，中國東南沿海一帶，諸多部落以鳥為圖騰；中原一帶部落，多以兩棲動物或魚類為圖騰；西北高原，則多以野獸為圖騰，如西北的羌以羊為圖騰。

從歷史來看，圖騰標記有一個從單一向綜合的演化過程。最早的圖騰形象往往是蛇、鶴、熊等單一物，以後被神化成為一種綜合性的幻想物，如龍兼有蛇，獸、魚等多種動物的形態，鳳兼有鷹、孔雀、金翅鳥等多種鳥的特徵。

但是相關資料中，羌族的圖騰並非猛獸，最初為龍，後來變成了牛羊一類與羌族人生活息息相關的動物。

羌族是一個具有很古老歷史的民族，《山海經・海內經》為據，「伯夷父生西嶽，西嶽先生龍，先龍始生羌。」

關於龍和羌的關係，羌為自呼之音，龍為氐族（部族）之號。

鮮卑、匈奴、羯、氐均已在歷史的長河中沒了蹤跡，但「羌」卻頑強地走到了今天。羌族之古老由此可見，難怪連一些西方學者也會發出驚歎，會把羌民族稱作中國（乃至世界）民族史上的「活化石」。

在漢代，羌是一個版圖很大的國家，位置包括現在的西藏大部、新疆及青海南部、四川和貴州西部、雲南的西北部。羌的版圖雖大，但是不穩定，是由許多遊牧部落組成的，各個部落都有自己的統治方式，部落首領稱為土王。

當初苗君儒認定那果王朝的存在，也是從歷史的角度上去考慮的，一個人類最古老的民族，肯定有著不為人傳的秘密。更何況，隨著考古界對羌族古老文化的不斷發現，羌族人的活動範圍之大，已經出於歷史學家們的意料。那果王遠征天竺的傳說，也絕非空穴來風，只是目前沒找到相關的證據證明罷了。

在苗君儒所收集的資料中，有一段關於萬璃靈玉的描述，這段文字，是他在聽了一個羌族老祭師所說的故事後，整理出來的：那果王在遠征天竺時，翻過九九八十一座山，蹚過了一百單八條河，最後在一條叫黑水的河流前，被一頭身披鱗甲，腳似牛蹄，頭頂鹿角的怪物擋住了去路，經過三天三夜的奮戰，那果王終於在女神的幫助下，用一把擎天之刃殺死了怪獸，得到了一塊奇妙無比的黑色玉石。

在漢族文化裏，那種身披鱗甲，腳似牛蹄，頭頂鹿角的怪物被稱之為麒麟，漢人對這種動物的圖騰見得多了，並不足為奇怪。但在兩千多年前，羌族人對麒麟的認識，遠非現在的人所想像。

萬璃靈玉來自黑水河，據苗君儒所知，中國西南部以黑水命名的河流，不下十條。經他多年的研究斷定，那果王經過的黑水河，最有可能的只有兩條，一條在廣西，為左江左岸支流，發源於廣西壯族自治區靖西縣，從靖西縣岳圩流入越南，在大新縣德天村浦湯島附近又入國境內。兩岸翠峰夾列，古木參天，碧綠的河水因兩岸的山峰倒影之故，相映「黛」色，名其日：「黑水河」。黑水河兩岸怪石嶙峋，可謂鬼斧神工冠絕造化；樹木蔥蘢，神秘旖旎，更顯其名。

另一條為越南紅河支流黑水河，是紅河右岸最大支流，發源於雲南省景東彝族自治縣，中國境內稱把邊江，在孟得附近流入越境，兩岸一般高出河面兩百到三百米，局部可達七百米以上，河谷狹窄幽深，水呈現黑色。

但奇怪的是，這兩條河中並不產黑玉，而盛產黑玉的地方，在新疆的和田，一條名叫喀拉喀什的河流，喀拉喀什係維吾爾語，是黑玉、墨玉之意。

難道當年那果王在遠征天竺時，也曾經到過新疆不成？他先後去過喀拉喀什河附近的地區，但在那裏絲毫找不到有關那果王的任何資訊。

歷史的謎團太多了，迫使他沒有辦法再研究下去。

萬璃靈玉上面的圖案，在一定程度上，與麒麟有些相似。四年前，苗君儒在一個西藏南部一千多年前羌族人生活過的山洞裏，見過這樣的圖案，此外再也沒有任何發現。

他帶著那描畫出來的圖案，找了不下兩百個羌族的老人，終於在一個小山寨裏，從一個一百多歲高齡的老人當中，知道那東西叫遠耶，是一種專門殘害羌族人的猛獸。

萬璃靈玉上面的遠耶圖案，證明了什麼？

苗君儒想到了那果王的殘暴，殘暴的君王在黎民百姓的心裏，不正是一頭猛獸嗎？

他那握著放大鏡的手，開始有些顫抖。

「爸，你沒有事吧？」苗永健輕聲關切地問。

苗君儒沒有吭聲，繼續用放大鏡對著萬璃靈玉，仔細看上面的圖案，並參照藍色封皮筆記本上的圖案，一一進行對照。越仔細看，他的眉頭越緊縮，最後露出一種很奇怪的表情來。

「怎麼了？是假的嗎？」陳先生急切地問。

苗君儒並未理會陳先生的問話，放下放大鏡，翻起那藍色封皮筆記本來，口中兀自道：「不可能，不可能的。」

見苗君儒這麼說，陳先生和古德仁的臉上，露出一種焦急而又疑惑的神色，兩人相互看了看，沒有說話。整個客廳的氣氛，變得非常緊張起來。

苗君儒翻了幾頁筆記本，對苗永健道：「快，快開燈！」

苗永健打開了燈，客廳內頓時亮堂起來。苗君儒再次用放大鏡對著萬璃靈玉，眼睛連眨都不眨一下。

幾個人都在看著苗君儒的舉動，客廳內靜得可以聽到自己的呼吸。

「奇怪，奇怪！」苗君儒摘下眼鏡，掏出手帕拭了幾下有些澀澀的雙眼，閉上眼睛休息了一會兒，接著戴上眼鏡，繼續仔細看萬璃靈玉。

良久，他長長出了一口氣，放下放大鏡。

「哪裏還有問題？」古德仁說，「我認為這塊玉不假！」

「暫時只能這麼說，」苗君儒緩緩道。

「你的意思是還不確定，是不是？」古德仁問。

苗君儒點了點頭，「萬璃靈玉之所以稱之為『靈玉』，除了你剛才看到的那些特徵外，還有一個最重要的特徵。」

「最重要的特徵，那是什麼？」古德仁問。

苗君儒望著盤中的玉石，說道：「那就是玉石上的圖案。」

古德仁的眼睛頓時瞪大了，「難道這塊玉石上的圖案，和你所知道的圖案，有什麼不同嗎？」

苗君儒笑道：「我這本子上的圖案，是我自己根據一些傳說故事中的描繪畫出來的，也不見得就準確，你也是學考古的，應該知道，歷史的變遷會使同一種圖案，在不同的年代中，會以不同的面目出現。」

古德仁訕笑了一下：「僅僅是龍這一種動物，就有幾萬種不同的圖案，這個道理我明白，可是你剛才那……」

「玉石上的圖案，究竟是不是傳說中的遠耶，現在下定論還為時過早。」苗君儒說。

「那你想怎麼樣？」古德仁問，「還需要做什麼樣的檢驗？」

苗君儒合上被翻開的筆記本，說道：「我必須要看到現象。」

「現象？什麼意思？」站在旁邊的陳先生問。

苗君儒望了一眼窗外的大雪，又看了看室內的燈，沒有說話。

古德仁明白過來，說道：「你是指這塊玉石上，還有另一種奇異現象？」

「是的！」苗君儒點頭道：「炙日之下，怪物如生，王以擎天之刃對之，不可傷……」

古德仁驚喜道：「你的意思是，如果有強光照射，玉石上的圖案就會浮現出來？」

「那只是傳說而已，到底會不會出現，我也不知道，」苗君儒說道：「到目前為止，這塊玉石上出現的現象，都和傳說吻合，但是我們剛才所看到的，都不具備一個『靈』字。」

古德仁望著窗外，苦笑道：「你看這大雪天的，到哪裏去找烈日呢？」

苗君儒道：「不一定要烈日當頭，我想只要光線夠強，應該就可以。」

陳先生問道：「只要光線夠強就可以嗎？探照燈行不行？」

苗君儒望了陳先生一眼，「應該可以，如果你可以弄得來的話。」

在當時的重慶，探照燈屬於軍方物資，抗戰時為了保護重慶夜間不受日本飛機的轟炸，立下了汗馬功勞。民間不可能隨便擁有，陳先生說出那樣的話來，便已經透漏出了幾分他的來頭。

陳先生來到門口，拉開門對站在門口的兩個人說，「去，向警備司令部要兩盞一千瓦的探照燈來，就說是我要的，快去快回，不要耽擱時間。」

門口的人領命而去。

陳先生回到屋內，找了一張椅子，坐在苗君儒的對面，低聲問，「苗教授，如果這塊玉是真的，那麼你研究的那果王朝，就絕對存在，是吧？」

「可以這麼說，」苗君儒說：「到目前為止，萬璃靈玉是證明那果王朝存在的唯一物品。」

陳先生望著旁邊椅子上的大筆記本，「你那麼多年尋找那果王朝，還有什麼線索沒有？」

苗君儒笑道：「難道你也對那果王朝感興趣？」

陳先生道：「我以前在雲南的時候，也聽過那個傳說，這塊玉石是我偶爾發現的，所以我想，如果玉石是真，那麼那果王朝也是真的了。」

「你可不是做研究的人，」苗君儒冷笑道：「你關心的，是傳說中那果王遠征天竺後帶回的無數奇珍異寶吧？」

被苗君儒一語道破心思，陳先生的臉色未變，他畢竟是有背景的人物，見過不少世面，當下不冷不熱道：「據我所知，你是國內唯一一個收到明年全球考古工作者會議請柬的人，對於一個東方古老民族那段失落的歷史，一直是一段空白，你辛辛苦苦那麼多年，不就是想填補那段空白嗎？現在有這麼一次機會給你，難道你想錯過？」

苗君儒的心一動，是呀，辛辛苦苦那麼多年，付出那麼多，不就是想證明那段歷史的存在嗎？

陳先生道：「我知道你們這些搞研究的，經費往往沒有辦法落實，很多研究工作都半途終止，可確實是沒有辦法嘛！國家戰事頻繁，窮呀！」

苗君儒只是個學者，對政治不感興趣，但是陳先生說的話倒是實情，很多研究都由於經費的嚴重不足而終止或者乾脆放棄。他去雲南的費用，都是自己出的，若不是他在考古領域的貢獻而獲得國際救助的話，只怕現在連吃飯都成問題。

「你說這話是什麼意思？」苗君儒問。

「什麼意思，你是真不明白還是裝不懂？」陳先生笑道：「都說你們這麼搞學問的，都是榆木腦殼，少根筋，轉動起來不靈活，果不其然呀！」

古德仁怕苗君儒生氣，忙解釋道：「陳先生的意思是，你只專心你的研究，對外面的事情都不關心呀！」

苗君儒道：「不是我不想關心，而是這國家，這政府，讓人心寒哪！離這不遠的歌樂山，還與美國人合作個什麼監獄，裏面關著的，幾乎都是民主進步人士……」

不待苗君儒再說下去，古德仁忙打斷了他的話，「不要言談政治，我們只談考古，只談考古好不好？」

「那些都是惟恐天下不亂的人，只知道對我們的政府不滿，他們有沒有想過，從上世紀中葉開始，我們的國家就遭受著怎麼樣的磨難？清朝皇帝退位後，國民政府內憂外患，蔣先生以一己之力，率忠義之士討伐南北軍閥，抗戰爆發後，舉國上下與日作戰……」陳先生侃侃而談，彷彿是一個大政治家：「那幫人只知道瞎起哄，鬧什麼民主，民主能夠當飯吃嗎？」

苗君儒冷冷道：「在對待軍閥割據的問題上，蔣先生功不可沒，這一點我也承認。可是真正抗日的，是他嗎？當前方雜牌軍將士浴血奮戰的時候，他嫡系部隊在做什麼？陳先生，你比別人都清楚這政府已經到了什麼程度，多少年了，實在令人太失望。自古得民心者得天下，只怕蔣先生所得的民心，已經不足一成了。」

陳先生的臉色瞬間變得很難看，正要說話，古德仁勸道：「陳先生，你別生氣，他的性格就是這樣，想到什麼就說什麼，從來不管在什麼場合。」

苗君儒道：「如果陳先生想將我送去歌樂山，我毫無怨言。」

若是換了別人在他面前進行這番理論，陳先生早就派人將其送去中美合作所，可是苗君儒與別人不同，此人在國內與國際上的影響都很大，輕易動不得，弄不好會給國民政府帶來極大的負面影響。

門外響起敲門聲，苗永健打開門，見門口站著兩個穿著黑色西裝的男人，手裏拿著一些東西，畢恭畢敬地站在門口。

「進來！」陳先生頭也未回道。

那兩個男人進來後，迅速裝好兩盞探照燈，並退了出去。動作訓練有素。

古德仁走到窗前，將窗簾拉上。然後幫著苗永健將兩盞探照燈對好角度，打開，兩道光柱射向盤中的黑色玉石。

眾人頓時覺得眼前一亮，也許是光線太刺眼了，不自覺地將眼睛閉上，過了好一會兒，待適應過來，才慢慢睜開。

苗永健睜開眼後，被眼前的奇異景象驚住了。只見那塊黑色玉石在強光的照射下，不斷冒出白色的霧氣，霧氣慢慢向周圍擴散，且越來越濃，漸漸的，幾個人都如同身在雲霧之中，產生一種飄飄欲仙之感。

盤中的黑色玉石，放射出閃爍不定的五彩毫光，耀得眾人眼花繚亂，神態逐漸迷離起來。恍惚之中，那黑色玉石上浮現一個活生生的動物。

古德仁驚叫道：「麒麟，麒麟！」

苗永健望向父親，見父親的眼睛一眨都不眨地望著那頭麒麟，臉上的神色很凝重。那個陳先生則是一臉的驚喜之色。古德仁想用手去碰那麒麟，手微微顫抖著，伸了出去，還未觸到那麒麟，卻閃電般縮回。

苗永健跟隨父親學考古多年，知道很多珍稀寶物，在光線的作用下，能夠產生一種光影現象，將物品中的圖案以立體的形式浮現出來，但是那些現象中的圖案，無論是動物還是景物，都是固定的，並不像面前的這隻麒麟，如同活的一般，不停地動著，翹首、俯身、甩尾、揚蹄，當牠仰首向天，張開大嘴的時候，眾人彷彿聽到這隻遠古靈獸的吼叫。

苗君儒望著那隻麒麟，兩行老淚順頰而下，恍惚中，看見陳先生向他撲了過來。

第三章

如何證明那果王朝的存在？

當年在課堂上，四個同學同時發誓，
如果苗君儒能證明那果王朝的存在，他們將自殺以表其無知。
而廖清在她的誓言中，還加了一個附帶條件，
就是苗君儒什麼時候能夠證明那果王朝的存在，
她就什麼時候嫁給他。

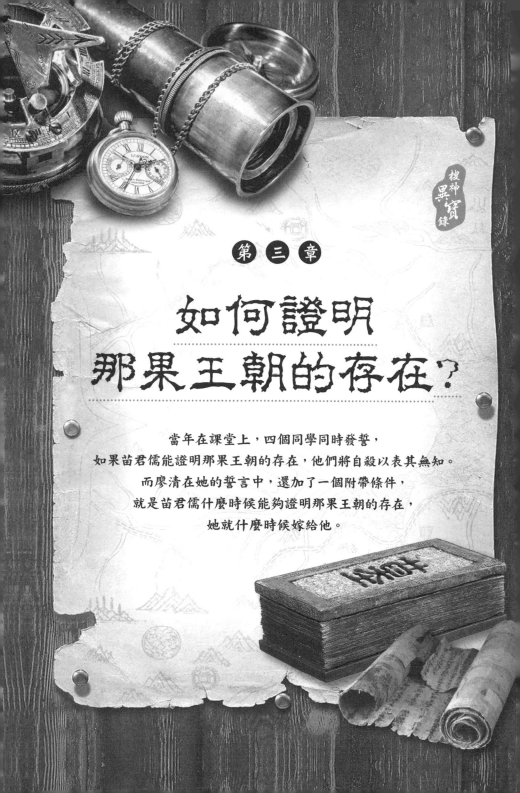

陳先生飛快撲上前，關掉探照燈，從瓷盤中拿起那塊玉石，逕自出門而去。

沒有多久，樓下傳來汽車的啟動聲，古德仁衝到窗前，掀開窗簾，見他來時乘坐的那輛黑色福特小轎車，已經在另外兩輛轎車的護送下，離開了院子，雪地上留下了幾道深深的車轍。他回身望了一眼還在流淚的苗君儒，歎了一口氣，也不知道該說些什麼，對站在一旁的苗永健道：「照顧好你的父親，這塊真正的萬璃靈玉，對他的刺激實在太大了，」他走到門口，接著道，「今天發生的事情，你千萬不要對其他人說，否則的話，你我都可能被——」

他做了一個被殺的手勢，出門去了。

從那陳先生的舉動中，苗永健已經明白了此事的秘密性。如果大家知道了誰擁有一個這樣的好寶物，還不引來各路人的搶奪。歷史上為了爭奪寶物，殺得血流成河的事件還少嗎？

他走到父親的面前，輕聲道：「爸，我知道你心裏的委屈。」

為了畢生的追求，苗君儒並未娶妻，兒子苗永健是他在民國十一年的時候，去山西考古的途中帶回來的，當時兩歲大的苗永健，趴在生母的屍體上哇哇大哭。那地方剛剛發生了蝗災，又逢兵患，全村就只剩下他一個活人。

苗君儒把這個孩子帶回來後，遭到同學們的譏笑，這年頭兵荒馬亂的，各人只顧自己的生死，誰還管得了那麼多？他的幾個好友對此也表示不理解，一個大男人，帶著一個孩子怎麼生活呢？

但是他的戀人廖清對此未有異議，還和他一起照顧那個孩子，並為孩子娶了一個名字，叫苗永健。

廖清後來為什麼沒有嫁給苗君儒，苗永健是知道一些的。為了所謂的那果王朝，苗君儒失去的，實在太多太多了。當年在課堂上，四個同學同時發誓，如果苗君儒能夠證明那果王朝的存在，他們將自殺以表其無知。那件事情，在北京大學的校園內鬧得很轟動。而那四個人中，其中的一個就是廖清，廖清在她的誓言中，還加了一個附帶條件，就是苗君儒什麼時候能夠證明那果王朝的存在，她就什麼時候嫁給他，若苗君儒由於證明那果王朝而發生意外，她將自殺殉情。

沒有人知道那四個人為什麼要發誓自殺，也許這只是他們之間的秘密。

後來，苗君儒一直沒有辦法證明那果王朝的存在，而廖清卻突然嫁給了苗君儒的好友程鵬。幾年後的一個晚上，苗君儒與程鵬大吵了一次，隨後程鵬帶著兒子去了美國，幾個月後，廖清生下了一個女兒。

對於父親的那些恩怨，苗永健是從來不去觸及的，他要做的，就是照顧好父親，報答那份養育之恩。

「永健，你相信風水嗎？」苗君儒突然問。

苗永健愣了一下，想不到父親會問出這樣的一個話題，他想了想，說道：「風水學說在一定的情況下，對於我們的工作是有很大幫助的。」古代的君主帝王，將相貴族，乃至平民百姓，生前注重所居的宅基，特別在死後，更注重自己的墓穴風水，那可是福蔭子孫的。風水堪輿在中國這塊古老的土地上，已經不知道流傳了多少年，準確年限早已經無從稽考。每一個考古工作者，對歷史每個朝代的宅基及墓葬，都有很深的研究。他們的研究，在一定程度上，與風水學是相互吻合的。

「其實風水是一門很深奧的學科，內中的玄妙之處，往往出人意料，」苗君儒說道：「你有時間可以找一些那樣的書來看，對你有幫助。」

苗永健以為自己聽錯了，在他的意識中，父親是很反對風水學說的。他在研究考古的時候，也發現了風水學說的奇妙之處，所以背著父親找了一些關於風水堪輿的書籍來看。

「我出去走一走，」苗君儒定了定神，擦去臉上的淚痕，起身。

苗永健忙從衣架上取下一件大衣，披在父親的身上，並將圍巾圍在父親的脖子上，低聲道：「外面雪大，路滑，要不要我陪你去？」

「不用！」苗君儒說，「你還記得廖老師和她的女兒經常去玩的地方嗎？」

「記得，」苗永健覺得父親自從見了那塊黑色玉石後，整個人似乎變了，說話也出人意料，他回答道：「她們經常去洪恩寺玩的，有一次廖老師的女兒還把你身上那塊從小就戴著的玉，放入寺前放生潭旁邊那棵大樹下的樹洞裏。」

「很好，很好！」苗君儒望著苗永健，眼中露出一抹父輩慈祥的目光，轉身出了門。

苗永健望著父親的背影，一時竟不懂父親說的那兩個很好是什麼意思，直到有一天，他失蹤了的父親突然出現的時候，說出了一句令別人都聽不懂的話，他才明白過來。

苗君儒裹著大衣下了樓，來到院子裏，見雪已經沒有那麼大了，地上積了一層厚厚的雪，自從一九三七年「七七事變」前，與北京大學的眾多師生，經過千里跋涉來到這座山城後，一住就是十二個年頭，抗戰勝利後，北京大學逐漸恢復正常的次序，多次來信來人要求他返回，被他以各種理由拒絕，最後乾脆成了重慶大學的名譽教授。

他望著被雪壓住的那幾排冬青樹，那年來的時候，才一人多高，現在都長成大樹，這人呀！在一個地方住久了，就有了感情，不輕易離開了。

在院門口的冬青樹下，兩個穿著黑色風衣的男人，正縮著頭，不時在地上跺上幾腳以抗寒冷，見他走過來，便將風衣的領子往上提了提，蓋住了整張臉。其中一個男人走上前，擋住苗君儒的去路，低聲問：「你要去哪裏？」

苗君儒冷笑道：「是那個陳先生叫你們監視我的？他憑什麼限制我的自由？」

「這是為你的安全著想，」那個男人說。

「你們不要像狗一樣的跟著我，就是最安全的，」苗君儒說道：「讓開！」

那個男人並不讓開，而是說道：「請你回去！」

「不要逼我發火，」苗君儒的聲音很沉重，「士可殺不可辱，我要想去的地方，沒有人能夠擋得住。」

那個男人被苗君儒的氣勢壓住了，身體往旁邊挪了幾步。

苗君儒鄙夷地望了這兩個人一眼，大步走了過去，心中蕩起一陣莫名的悲哀，連他這樣身分的人都輕易被人控制自由，這政府，還有什麼民主可言，一個失去民主的政府，究竟還能夠維持多久？怪不得人心一個個皆北向。內戰打了那麼多年，蔣先生的日子是越來越不好過，若不是依靠強大的美援，那幾百萬軍隊早已經被人以摧枯拉朽之勢掃光了，儘管如此，也不見得能夠熬多久。

他想起了幾個月前，程雪梅帶來的那個楊先生，從言談中，他感受到了楊先生那爽朗的性格和開明的思想，兩人言談甚歡，直至後來，竟產生了惺惺相惜之感。

在一般人面前，他從不談政治，但是，憑心而論，他不僅僅是個學者，而是一個對於政治很敏感的人。國民黨統治下的中國，一次次讓他為之流淚，站在國際考古工作者的講壇上，他感受不到西方人對一個來自東方大國的人的尊敬，他唯有依靠自己對考古工作的傑出貢獻，來獲得同行們的認可，將那份對國家的情感深深埋藏在了心底。

他無法忘記民國廿二年，第一次參加國際考古工作者會議的情景，那是他的一篇對西周末期文化研究的論文，引起了國際考古工作者協會的注意。在進入會場後，其中一個來自西班牙的學者，認真地看著他的胸牌，從鼻子裏哼出了一句：「Oh, Chinese!」那份不屑與狂妄，令在場的人側目。最終，他的精彩演講贏來滿場的掌聲，也逐步奠定了他在國際考古界的基礎。

「老闆，給點吃的吧！」一個顫抖的聲音，將苗君儒從思緒中拽回現實，在他面前，站著一老一小兩個人，那老的戴著一頂破帽子，穿著一件棉絮露在外面的破舊棉襖，手中拿著一隻缺了邊的陶罐，左腳的棉鞋只剩下一層爛布，露出幾個腳趾，右腳套著一隻黃色的軍用皮靴，也不知道從哪裏撿來的；旁邊的小孩，全身都包在一床破被子裏，用草繩紮著腰間，腳下穿著一雙大人的棉鞋，身體不住地抖著，一張又黑又髒的臉上，兩顆明亮的黑眼珠，看得人心疼。

「老闆，我們已經兩天沒有吃東西了！」老人將那只缺了邊的陶罐朝前伸了伸，溝壑縱橫的灰色臉上，兩隻渾濁的眼睛露出期盼的光芒。

苗君儒在身上摸了幾下，拿出兩塊光洋，放到陶罐裏。老人一見，忙拉著小孩跪下，朝苗君儒磕頭。

「老人家，不要這樣，」苗君儒扶起一老一少。

老人哽咽道：「大好人呀！」

「帶孩子去吃東西吧！」苗君儒道。

老人又朝苗君儒鞠了一躬，帶著孩子踉蹌離開，雪地上，留下了兩行深深的腳印。苗君儒望著那一高一矮兩個背影，心裏很不是滋味，那兩塊光洋，可以暫時解決這一老一少的溫飽問題，雖解決了一時，可是以後呢？而全國像他們這樣的人，又有多少呢？

他沿著路往前走，在他的身後，那兩個人遠遠的跟著。

也不知道走了多久，他來到重慶大學在菜園壩的老校區，順著一條小路往前走，有好幾次，他差點滑倒。

來到一棟破舊的兩層樓房前，站在屋簷下，抖落了身上的雪，上了樓，走到盡頭，用手敲了敲門。

「誰呀？」裏面傳來一個女人清脆的聲音。

「小清，是我！」苗君儒說話的聲音有些興奮，「我來告訴你一件事情！」

門開了，一個衣裳整潔的女人開了門，她的頭上雖然有不少銀絲，但是臉上並不顯老，完全能夠看得出她年輕時候的美麗和高雅的氣質。

「下這麼大的雪，你來做什麼？」被稱作小清的女人說，她隨手用火鉗捅了捅旁邊的爐子。

苗君儒進了屋子，關上門，把手在爐子上烤了一下，說道：「小清，你知道我今天看見什麼了？」

「看見什麼了？」小清倒了一杯熱茶，遞到苗君儒的手裏。

苗君儒興奮道：「是萬璃靈玉，真正的萬璃靈玉，這下，我可以證明那果王朝的存在了，你也可以實現你當初的誓言，嫁給我了！」

「萬璃靈玉？真的有嗎？」小清怔住了。

「是的，是古德仁帶來的人，是一塊黑色的玉石，顯示出來的異象，和傳說中的一樣，完全一樣，簡直不可思議，」苗君儒高興得像個孩子：「古德仁已經認輸了！」

小清坐在椅子上，緩了片刻，說道：「三十多年了，太遲了，太遲了！」

「不遲，不遲！」苗君儒放下杯子，抓著小清的手，「你現在可以告訴我答案了，小梅到底是不是我們的孩子？你答應過我的，只要我找到那果王朝的證據，你就告訴我的。」

小清微微點了點頭，說道：「其實這件事情，當初就已經有了答案！」

「那小梅她知道嗎？知道我是她的親生父親嗎？」苗君儒急切地問。

小清搖了搖頭：「她姓程，不姓苗！」

「為什麼，你為什麼不告訴她？」苗君儒大聲問。

「我怎麼告訴她？」小清反問：「難道我對她說，小梅，你苗叔叔其實就是你的親生父親，她受得了嗎？她一直都以為她的父親是身在美國的程鵬，小天來信了，他已經到了南京，過些日子來重慶看我。」

小天就是她和程鵬生的兒子程雪天，是美國斯坦福大學地質學院的高材生。

苗君儒像被人擊了一悶棍，「原來你的心思並不在我的身上，恭喜你們母子可以團聚了！」

「程鵬也要回來，」小清低聲說。

「很好，很好！」苗君儒慘然一笑：「你畢竟是他的妻子！我算什麼東西，一個鑽了三十多年牛角尖的瘋子，恭喜你，程夫人！」

小清捂著臉，哽咽道：「想不到你還是老樣子，當年我們幾個人的誓言，你還記得嗎？」

「當然記得，」苗君儒憤而起身，走到門口，回頭道：「程夫人，我會證明的，我一定會找到那果王朝的有力證據，讓你們實現當初的誓言！你記著，如果有哪一天有人要你去樹下拿東西，你會明白的！」

他開門而去。

小清望著已經關上的門，喃喃道：「苗君儒，我為什麼遲遲不回北京大學，願意陪你留在這座毫無生氣的城市，你又怎麼知道，我們幾個人發誓的真正原因在哪裏呢？」

她聽著門外漸漸離去的腳步聲，淚水再一次狂湧而出，一句誓言，對於兩個被世俗強行分開的有情人而言，真的那麼重要嗎？她很後悔，後悔自己當年憑一時的衝動嫁給了程鵬，這人生的苦果，本就是她種下的。命運對她開了一個無法饒恕的玩笑。

她知道苗君儒所說的那個地方。他們剛來重慶的時候，苗君儒有時間的話，會帶上兒子苗永健約她和她的女兒程雪梅一同到洪恩寺去拜佛，洪恩寺放生潭旁邊有一棵大樟樹，樹上懸掛著許多許願符。他們各自在樹下許了一個願，許的是什麼願，只有他們自己才知道。

有一次，程雪梅還淘氣地將苗君儒身上的那塊玉佩，藏到了樹洞裏。那塊玉佩是他的祖上傳下來的，他急得要死。幾個人找到晚上才找到，那件事情給幾個人都留下了很深的印象。

苗君儒下了樓，看到不遠處樹底下停了三輛小轎車，那兩個跟著他的人就站在小轎車的旁邊。當他走近前時，其中一輛小轎車的車門開了，陳先生坐在裏面，對著他說道：「苗教授，請上車吧！」

「你想和我合作，對不對？」苗君儒問。

他進了車裏，坐在陳先生的旁邊，車子啟動，朝前駛去。

「是的，」陳先生說道：「希望我們合作愉快！」

苗君儒問：「你想要我為你尋找那果王的陵墓？」

陳先生笑了一下，說道：「在你家的時候，我看走眼了，其實你並不是榆木腦殼，你的反應很快，幾乎超出了我的想像！」

「單憑一塊萬璃靈玉，就想找到那果王的陵墓，你想得太天真了！」苗君儒說，「三十多年來，我幾乎找遍了那些地區，除了傳說，沒有別的線索！」

「可是現在萬璃靈玉不是出現了嗎？」陳先生說，「難道你對尋找那果王的陵墓沒有信心？」

「可以這麼說！」苗君儒說：「除非找到這塊萬璃靈玉的來源。」

「你說得不錯，我們按著這塊萬璃靈玉的來源，定可以找到古墓，」陳先生說道：「其實早就有人找到了那果王的陵墓，只是外人並不知道而已！」

「你說的是盜墓人，」苗君儒說道：「但是傳說中，在那果王朝消失前，那果王將萬璃靈玉送給了他心愛的女人，而那個女人，則將萬璃靈玉送給了大祭司理敢。所以僅僅靠萬璃靈玉，不一定找得到那果王的陵墓，也許盜墓人所盜的，只是大祭司理敢的墓穴。」

「那個女人為什麼要將萬璃靈玉送給大祭司？」陳先生問。

「那個時候，十八路土王聯合起來的軍隊，已經打到皇宮的近郊了，那個女人不但送出了萬璃靈玉，還把她自己也送給了大祭司，」苗君儒說道：「這麼做的目的，只想求得大祭司的幫助。」

「大祭司能夠幫她什麼？」陳先生問。

苗君儒望了一眼陳先生，「你既然在雲南待過，難道不知道古代的大祭司能夠做什麼嗎？」

「那只是歷史學家們研究的事情，我只對那個傳說感興趣，」陳先生並不以為恥。

苗君儒見車子並不是朝重慶大學的方向而去，他問道：「你想帶我去哪裏？」

「你不是想知道那塊玉的來源嗎？」陳先生笑道：「我現在就帶你去！」

「去哪裏？」苗君儒問。

「到了那裏就知道。」陳先生說道。

車子在一條街道的拐角地方停住，一個人遞過來一個很大的黃色帆布包，苗君儒認出那是他每次出外考古時所帶的背包。

陳先生說道：「你的工具和資料都在裏面。」

「你沒有經過我同意就這麼做？」苗君儒很生氣。

「你沒有選擇的餘地，」陳先生說道：「你剛才去見過的那個女人，是你年輕時候的戀人，她的女兒是報社的記者……」

苗君儒被陳先生的話擊中要害，他的語氣軟了下來，說道：「很多帝王的陵墓可不是那麼容易進的，裏面佈滿了機關。」

陳先生笑道：「沒有關係，不就是多死幾個人嗎？我有的是人。」

車子漸漸駛出了重慶市區，朝西南方向而去，苗君儒看到沿途的雪，並不大，地上只有薄薄的一層，但是車子行駛起來，還是比較吃力。不知道什麼時候，後面跟了幾輛大卡車，車廂上蓋著大蓬布，一旦小轎車打滑，從大卡車上跳下許多士兵，將車子推著往前走。

看來這陳先生早就有了一套完整的計畫。

幾個小時後，來到一處岔道口，駛在最前面的那輛車子裏，下來一個穿著棉布長袍，戴著棉帽的人，仔細辨認了一下方向，用手朝前指了指，車隊繼續冒雪前行。

每到岔路口，那人便下車認方向，領著車隊前行。

第四章

祖訓的警示

凡吾馬氏子孫，應理守祖訓，
不得再從事祖上邪道，縱然家道敗落，
不可將萬璃靈玉示於人，亦不可憑此物尋找古墓。
吾馬氏基業，乃苗氏所賜，若尋到苗氏子孫，
厚待之，切記，切記！

傍晚時分，車隊來到了江津，早有當地政府的官員接著了，安排在賓館裏。晚上休息的時候，四個士兵前後守在苗君儒的房前和窗下。陳先生那麼做，是怕苗君儒半夜逃走。

第二天一早，車隊繼續前行，路上的雪漸漸少了，到達瀘州後，並未見半星雪跡，天氣也晴朗起來，車隊行駛的速度快了許多。

車隊並未進瀘州城，在一個小鎮上吃過午飯，朝東南方向行駛，道路也崎嶇不平起來。

這些地方靠近雲南，在苗君儒對那果王朝的研究中，都顯示是那果王朝的地盤。以前他也來過這邊，都是步行，一天下來，還走不了幾十里。

車隊沿著一道山谷前行，山谷的右側臨江，公路是依左側的山坡而建，苗君儒透過車窗，看到道路兩邊的村莊破破爛爛的，滿目瘡痍。過了山谷，眼前豁然開朗，竟是一處四周都是山，中間為平地狀的山間盆地，遙遙地看到前面有一個很大的村子。這地方苗君儒以前可沒有來過。

走在最前面的車子停了下來，那個人下了車，來到苗君儒的車前，躬身對車裏的陳先生說道：「陳先生，這山野小村子，很少有外人進入，你看——」

「阿強，你去安排一下，叫方連長他們的人在這裏等，你帶著幾個人跟我們去就可以了，」陳先生對坐在前排的那個人說。

那個人下了車，飛快朝後面去了。

不一會兒，回到了車內，車子繼續前行，進了村子，來到一個大戶人家的門前停住。一行人全都下了車。

這村子大概有好幾十戶人家，大多是土屋，惟獨這座高牆碧瓦的大宅子，與眾不同。在眾多土屋的簇擁中分外惹眼。

苗君儒看這大宅子，並不很古老，也就是百十年的舊宅，但是大門上的桐油黑漆已經剝落，門樓前的柱子底部，由於長年失修都已經腐爛了，圍牆的牆頭上也長了不少雜草，在風中搖擺著。門樓前那兩隻長滿青苔的石獅，顯示出這土財主昔日的輝煌與時下的沒落。宅子的前面是一塊空地，再往前是一口池塘，塘裏的水並不清，綠盈盈的，水面上漂著一些水葫蘆。

他看到從後面的一輛車子裏，走出了一個人，竟是古德仁，這一路上吃飯住宿，都未見到他，不知他是怎麼來的。

古德仁看了看四周，最後將目光定在了前方高山下面的一塊坡地上，他走到苗君儒的面前，說道：「如果我沒有猜錯的話，這家大戶人家的祖上，就葬在那塊坡地上，你看前方江水的來勢，呈環形繞山而過，左青龍，右白虎，前朱雀，後玄武，山勢磅礴，氣勢逼人，好一塊『鯨吞地』，可惜的是，主墓上方的天方不圓，雖有一塊巨石填補，可巨石的尖端朝上，那可是破天之刃，乃大凶之地呀！其子孫凋零且敗盡其家！」

苗君儒冷冷道：「你有沒有替你自己選好一塊地呢？」

古德仁並不以為然，「我已經用六爻金錢之數替自己算過了，明年是我的大凶之年！」

「迷信！」苗君儒冷笑道：「如果我找到那果王朝的話，你就應該實現當年的諾言了，對你而言，明年確實是大凶之年。」

古德仁又看了一下那塊「鯨吞地」，前後望了望，說道：「奇怪，奇怪！」

苗君儒道：「奇怪什麼？」

古德仁指著前方道：「你看到那塊坡地右下方的位置沒有？」

苗君儒極目望去，見那一線有一道山脊，順勢而下，在古德仁所指的地方，山脊突然斷了，那一處明顯凹了進去，表面上的泥土不知什麼原因不見了，露出裏面黑褐色的石頭來。這地方雨水較多，說不定是哪一年大雨成災，導致了那處山體滑坡。

古德仁道：「那樣一來，『鯨吞地』右側的白虎受傷，無法聚『氣』，『鯨吞地』已成破敗之地，那倒塌下來的山泥，倒是成全了下面的一塊好地呀！」

苗君儒正要說話，見那個領路的人，從裏面帶出來一個年紀和他差不多的老人，那兩個人走到陳先生面前，低頭說了一陣話。

幾個衣不蔽體的村民，躲在土屋的牆邊，驚恐地望著這邊。當他們的目光望向那幾輛黑色小轎車的時候，竟露出驚奇的神色來，他們這些人，一輩子都沒有見到過這種四個輪子，而且裏面還可以坐人的「怪物」。

阿強走到苗君儒和古德仁身邊，低聲道：「兩位請到裏面去喝茶！」

苗君儒轉身，見陳先生已經隨那兩人進去了。他和古德仁跟了過去。幾個黑衣男子迅速站在了門樓下，警惕地望著周圍。

進了大門，是一處地上鋪著兩尺見方青石磚的大院子，兩邊各有幾間廂房，有兩間廂房的頂部已經坍塌了，牆角的野草過膝，顯是長時間無人打掃。

主屋很大，地基的石板和屋簷的磚頭上雕龍刻鳳，上下三層均是木磚結構，這種建築風格與當地的格調完全不同，房子的主人絕非當地人，一定是發了財後的人，遷到這裏定居的。

大廳倒是乾淨，但一走進去，便聞到一股發霉的氣味，黑色的木板牆壁，使整個大廳顯得很暗，幸好從天井內透下來一縷光線，才使得大廳內不至於太黑暗。

上首一張巨大的八仙桌，但桌旁卻沒有與之對稱的椅子。苗君儒站在那裏，看到旁邊擺了幾把矮腳竹凳子，陳先生和那兩個人已經坐了下來。

「既來之，則安之，坐吧！」古德仁說道。

他們坐在了陳先生旁邊的凳子上。阿強走了進來，就在不遠的地方站著。

「我來介紹一下，」陳先生指著那個帶路人說：「他叫萬老闆，而這位就是這座宅子的主人，叫馬福生。」

馬福生身材瘦小，穿著一身青色的破棉衣，腳下蹬著一雙人字棉鞋，一張佈滿皺紋的臉，蠟黃蠟黃的，幾根灰白的老鼠鬚在頷下晃悠著，那雙猥瑣的小眼睛，從始至終都沒敢正眼看過人。

馬福生將雙手攏在袖內，起身朝眾人鞠了一躬。

萬老闆指著馬福生說道：「想當年，這遠近有誰不知道馬家？可到了他手上，就變成了這樣子，他生下來就是一個敗家的主，吃喝嫖賭樣樣沾邊，年輕的時候在重慶找婊子，一個晚上花兩千現大洋，那可是三十多畝地的價錢呀！現在你們也看到了，他把家中能賣的都賣了，只剩下這空空的宅子，沒有人要。」

苗君儒問道：「那塊萬璃靈玉，是他祖上傳下來的？」

萬老闆看了陳先生一眼，見陳先生不說話，於是道：「前些日子，他去到我那裏，拿出那塊玉石，說是什麼寶貝，要我幫他找人買。」

馬福生望了一眼萬老闆，低著頭說道：「去年欠下兩千塊大洋的賭債，現在利滾利已經四萬多了，沒有辦法，才想到拿出去賣，原來祖上留下祖訓，說再窮也不能把這塊玉給別人看。」

苗君儒問道：「你祖上是盜墓的？」

「也……也不全是……」馬福生從衣內拿出一張顏色發黃的紙張，「這是我祖上留下的祖訓！」

苗君儒接過後打開，見這張顏色暗黃的紙上，用正楷寫著幾行字：

凡吾馬氏子孫，應理守祖訓，不得再從事祖上邪道，縱然家道敗落，不可將萬璃靈玉示於人，亦不可憑此物尋找古墓。吾馬氏基業，乃苗氏所賜，若尋到苗氏子孫，當厚待之，切記，切記！

落款人是馬大元，日期是同治十一年。

苗君儒心中想道：這馬大元在留下這張祖訓的時候，就已經猜到馬氏子孫會有今天的結果，他既然不願意子孫將萬璃靈玉示於人，為什麼不將萬璃靈玉隨著他一同埋入土中呢？那樣的話，關於那果王朝的秘密，將永遠埋沒在歷史的長河中。而祖訓的最後，為什麼提到馬氏基業乃苗氏所賜，姓苗的和姓馬的之間，到底是什麼關係？

陳先生將那張祖訓從苗君儒手中拿了過去，看了一眼，問道：「你祖宗的基業，都是姓苗的給的，哈哈，這下巧了，我們這裏就有一個姓苗的。」

馬福生小聲說道：「那都是幾代人的事情，說是姓苗的人是我們家的大恩人，具體什麼原因，沒有人知道，我爺爺還派人去雲南找過，可找不到，後來就沒有再找。我小的時候聽人說過，我家裏還養過一個又老又瞎的老太婆，是我祖上從雲南帶回來的……」

陳先生不耐煩地斥責道：「我們是來找古墓的，誰聽你說這些亂七八糟的東西？」

馬福生見陳先生發火，嚇得不敢再說。

「陳先生，說不定我們能夠在他說的話裏，找到什麼線索，」古德仁對馬福生說的故事很感興趣。

「那你就說吧！」萬老闆見陳先生不吱聲了，便對馬福生道。

馬福生乾咳了幾聲，吐出一口濃痰，接著道：「在一個風雨交加的晚上，我父親將那個老不死的老太婆趕出了門，就在當天晚上，山上塌了一大塊，把山下的那個水潭填平了，第二天，有人在水潭邊發現了一隻鞋子，是那個老太婆的，大家都說那個老太婆掉到水潭裏，正好被埋住了……」

「好呀！」古德仁叫起來，「這叫天理循環，報應不爽，你說塌方的那地方原來是個水潭，那可是一塊好地呀，那塊地正對面的山連綿起伏，成筆架形狀。那江如玉帶環腰，背靠大山，天格飽滿，四門不缺，是一塊『水浮蓮花』的好地。」

「什麼是『水浮蓮花』？」陳先生問。

古德仁說道：「『水浮蓮花』是一塊文地，讖語稱主葬者，三代後出文壇貴人，但是要求入葬者必須是婦人之身，且不得隨棺入水，還要選在風雨交加的時候。那個老婆子掉到水潭裏，正好被山上落下來的泥土埋住，這一切都是天意呀！事情都過去那麼多年了，說不定那老太婆的後代，是——」

古德仁沒有說下去，他望著苗君儒，說道：「有時候很多事情，就是那麼湊巧，我知道你從不相信我說的話，就好像當初我不相信你一樣。舉國上下那麼多所謂的文壇貴人，只有你一個人姓苗，也只有你的祖上，才配葬那塊地！」

苗君儒說道：「你胡說些什麼？」

古德仁笑道：「別忘了你是雲南人，說不定你的爺爺，正是那老太婆的兒子，你的祖上救了他的祖上……」

苗君儒冷笑著打斷了古德仁的話，「你的意思是我的祖上也是盜墓的？」

古德仁笑道：「我只是猜想，也許那個老太婆的子孫改名換姓了呢？」

陳先生對萬老闆說道：「記得你對我說過，他家裏還有一本關於盜墓的書，是不是真的？」

馬福生慌忙答道：「是的，是盜墓天書，我沒念過幾天私塾，認不了幾個字，又看不懂那些東西，就是想去做那樣的營生，也沒有辦法。」

萬老闆說道：「那還不快點去拿來給陳先生看？」

馬福生並不起身，囁嚅道：「那可是我最值錢的東西了！」

萬老闆將馬福生扯到一旁，兩人耳語了一陣，見馬福生面露喜色，轉身快步進內堂去了。

萬老闆來到陳先生面前，低聲道：「這老傢伙想多要點棺材錢，我答應再給他四萬，他才肯把東西拿出來！」

陳先生說道：「你的意思是，我還要再給你四萬？」

萬老闆陪著笑：「陳先生，四萬是給那老傢伙，至於我的那份，你願意給多少就給多少。」

陳先生微笑道：「只要東西對我們有用，錢多少都好說。」

不一會兒，馬福生從內堂出來，手裏捧著一個木盒子，放到陳先生面前的茶几上，輕輕打開。

苗君儒看到盒子裏，是一本黑色羊皮紙封面的書，上面畫著一副陰陽八卦圖，旁邊四個篆體大字：盜墓天書。

「苗教授，麻煩你看看，這東西對我們有用嗎？」陳先生對苗君儒說道。

苗君儒拿起那本書，借著微弱的光線翻了幾頁，見都是關於如何根據山形走勢，地理方位，來辨認墓穴正確位置的，旁邊的解說文字全是小篆，其間還夾雜著一些普通人看不懂的符號。這對於考古的人來說，是一本不可多得的資料。

「請把我的工具拿來，」苗君儒對站在旁邊的阿強說，接著對身邊的幾個人說道：「屋子裏太暗，我們去外面看！」

馬福生搬了茶几和幾張凳子到院子裏，給眾人倒了幾杯茶。苗君儒剛坐下來，阿強就提著那一包東西進來了。

來到院子裏後，苗君儒望著手中這本盜墓天書，吃了一驚，剛才在裏面由於光線太暗沒有看出來，現在一看，眼睛頓時大了。他將書放在茶几上，從包裏取出放大鏡，仔細看書中紙張的品質。

古德仁見苗君儒的神色有異，忙問，「怎麼了？」

苗君儒仔細看了片刻，從茶碗裏沾了一點水，點到紙上，見那水珠並不滲入，迅速滑落在地上，才說道：「這可是正宗的霍光紙！」

「你說什麼，這是霍光紙？」古德仁驚道，他拿過苗君儒手中的放大鏡，仔細地看了一遍，翻到中間，見無論哪一頁紙張，都呈黑黃色，墨蹟如新，並無任何霉爛或蟲咬的痕跡，驚喜道：「質地纖薄，不懼蟲蟻，入水不濕，是真的，真的是霍光紙。」

霍光，字子孟，約生於漢武帝元光年間。河東平陽（今山西臨汾市）人。他跟隨漢武帝近三十年，是武帝時期的重要謀臣。漢武帝死後，他受命為漢昭帝的輔政大臣，執掌漢室最高權力近二十年，為漢室的安定和中興建立了功動，成為西漢歷史發展中的重要政治人物。

漢昭帝在位十三年，由於霍光的輔佐，為漢朝的鞏固，為社會的安定和發展都奠定了一定基礎。

霍光秉持漢朝政權期間，忠於漢室，老成持重，而又果敢善斷，知人善任，實為具有深謀遠略的政治家。他善於用人，在他的周圍形成了一個勤於奉公的政治團體。

霍光在處理朝政的時候，常常為那些霉爛變質的史書典籍而擔心，下令研究一種既不會霉爛又不怕蟲咬的紙張出來，沒有多久，那種紙張真的研究出來了，由於在製作的過程中加了很多東西，那種紙張質地纖薄、不懼蟲蟻、入水不濕。唯一的遺憾是，成本太高，每一頁紙張的成本，就達到三石穀子。這樣的紙張是普通人家用不起的，只有像霍家那樣的權貴，才能有資本用。

西元前六八年，霍光去世，幾年後，他的整個家族被滅族。漢宣帝覺得用那種紙張寫字實在太浪費，就下令禁止用，從此那種紙張的製作工藝也就沒有流傳下來。

由於這種紙張的特殊性，當它與其他類型紙張的書籍一同被挖出時，其他紙張的書籍早已經腐敗不堪，而這種紙張的書籍卻保存完好，連字跡都像剛寫上去的一樣。這種紙張，也被史學家們稱之為霍光紙。

由於霍光紙太於昂貴，所以用來書寫的書籍並不多見，而後來歷代王朝帝王將相，都將這種紙張製作的書籍入墓陪葬，所以存世的極少。在目前國內古董界，霍光紙的價格是每頁二十兩黃金以上，而且往往有錢也買不到貨。

苗君儒往後翻了過去，見接下來的內容，是如何破解墓道機關的，甚至還有一些靈符。也許盜墓的人懼怕墓中的「東西」，這些靈符是起著一定的保護作用的。他看著旁邊的注釋，見是什麼降屍符、滅屍符、定屍符、驅魔符……他以前在挖開一些古墓的時候，也確實遇到了一些無法用科學來解釋的現象，但是人死如燈滅，他是從來不信鬼神之說的，考古這麼多年，也不知動了多少具骸骨，也不見得有什麼鬼怪來找他。倒是那些如何破解墓道機關的，對平安進入墓穴，有很大的用處。

他翻到最後，見後面的那幾頁紙張，竟不是霍光紙，而是後來黏上去的，第一頁上面的字體，也不是小篆，而是普通的手寫宋體字，他剛看了幾行，只覺得腦袋頓時大了，回過頭怔怔地望著古德仁。

古德仁見狀，忙望向苗君儒剛才看的地方，頓時變了臉色。

第五章

盜墓天書裏的秘密

陳先生看清了那上面的字，是一行紅色字：

欲用萬璃靈玉尋找那果王陵墓者，必九死無生。

最下面還有幾句詩：

十八天梯十八關，關關直通閻王殿，

帝王陵墓地下埋，入口卻在十里外，

山上山下路難尋，飛鳥走獸不得過，

遍地骸骨活人道，膽小勿驚。

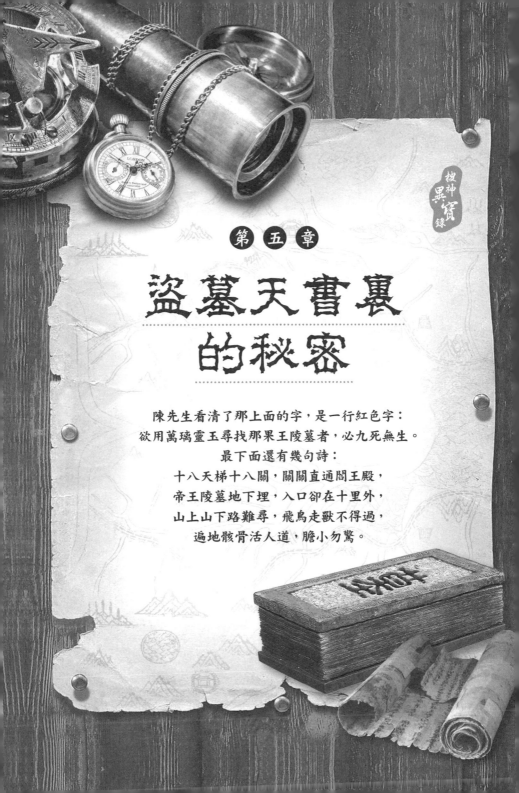

「你們怎麼了？」陳先生見到他們兩個人那副模樣，忙問道。

「你看！」古德仁指著上面的字跡對陳先生說道。

陳先生湊過來，看清了那上面的字，寫在最前面的，是一行紅色字：

欲用萬璃靈玉尋找那果王陵墓者，必九死無生。

接下來的是黑色的墨蹟：吾當年與苗山泉夫婦等十二人尋找那果王陵墓，尋古廟，入石室，過十八階梯，闖謎瘴死地，攀絕頂天坑，蹚屍山血海，歷重重機關，九死一生，獨吾三人入陵墓之暗道，遇麒麟，不得入，折回時吾若非苗山泉相救，已陳屍墓道中……

那一段文字是講述盜墓經過的，雖然字數不多，但期間的驚險與可怕之處，已躍然紙上，令觀者膽寒。

看到後面，陳先生的臉色也漸漸變了，他望了望苗君儒和古德仁，問道：「你們怕了？」

苗君儒身為考古工作者，一生經歷過的生死險難，不知多少，心中還沒有一個怕字，令他吃驚的，乃是「苗山泉」那三個字。

他小時候聽爺爺說過，同治年間，爺爺的父親苗山泉，與妻子一起和朋友出外做生意，後來就一直沒有回來，不久，爺爺所在的村子遭遇了匪亂，爺爺被迫離開村子，逃到了鄰縣，後來爺爺長大，娶妻生子，還回去過兩三次，但是那村子已經不在了，問了附近的人，都說沒有看到他們回來。那年頭，出外做生意很不容易，稍有不慎，遇上土匪，連人帶貨物都留在那了。

爺爺去世後，給他留下了一樣東西，就是他脖子上戴著的那塊羊脂玉，正面是龍騰圖，背面的圖案是九龍戲珠，做工精細，出自大師級人物之手，質地純正，入手溫暖，是清初時期玉器中的極品，絕非普通人家所能擁有。他爺爺當年告訴他，這玉石有兩塊，背面的圖案一樣，只是正面的圖案是鳳舞九天。另一塊玉石由苗山泉隨身佩戴著。回想自己的身世，與這塊玉並不匹配，更無法得知此物的來源。

這下，在這本盜墓天書中竟找到了答案，原來自己的祖上，與馬福生的祖上一樣，幹的都是盜墓的營生，這塊羊脂玉，也不知出自那個達官顯貴的墳墓。

盜墓天書中提到的，是苗山泉救了馬大元，而苗山泉的妻子不知道為什麼瞎了雙眼，被感恩圖報的馬大元帶回家中贍養，在馬大元死後，馬氏子孫將老太婆趕出了家門。這麼說來，葬在那塊坡地下的，幾乎肯定就是自己的曾祖母。

古德仁的那一番胡亂猜測，還真的猜中了，這冥冥之中，有的事情巧合得太出人意料，確實無法找到合理的解釋。

古德仁望著陷入沉思之中的苗君儒，半晌才問道：「你在想什麼？」

苗君儒定了定神，對馬福生道：「麻煩你把那張祖訓遞給我！」

拿過了祖訓，苗君儒仔細對照上面的字跡，確實出自一個人之手。

他翻到第二頁，見畫著一幅草圖，圖上有一個廟宇，幾個人舉著火把進入。旁邊有幾句詩：

人首獸身魔王像，三跪九叩方顯真，人外有人天外天，八九之數難過關。

圖的下邊標著路線，起點是一個叫阿達瑪的地方，旁邊畫著幾個山峰，寫著玉龍雪山。

苗君儒以前去過一個叫大東的地方，在玉龍的東面，是一個只有十來戶人家的小村子，那村子背靠的大山，是玉龍山脈的一個支脈，離麗江城有好幾十里。那地方山勢險峻，谷深林密，一直是土匪的理想場所，附近有好幾股土匪，那一年他遇上的那一股土匪，匪首叫烏堤卡，若不是嚮導與那股土匪認識的話，只怕他已經把命留在那裏了。在那些地方，土匪和山民往往都認識的，土匪打劫的都是過路商販，不到萬不得已，不會去打擾山民。

玉龍山脈的主峰叫玉龍雪峰，海拔五千多米，在雪線之上。玉龍雪峰在雲南西北部的山脈中，也算是一座比較高的山峰了。

苗君儒想想：莫非他尋找多年那果王朝的秘密，就在玉龍山脈中？

他以前把勘測研究的重點放在了西藏及青海新疆的南部地區，對於雲南西北部靠近西藏那邊，雖有涉足但沒有更多的深入。

右邊還有一幅圖畫著幾個山峰，高入雲端。

下面是一些看上去亂七八糟的符號和數字，還有一些類似棋譜的文字：

逢三中間，逢四左一，逢五左二、逢六左三，遇角即變。

最下面還有幾句詩：

十八天梯十八關，關關直通閻王殿，帝王陵墓地下埋，入口卻在十里外，

山上山下路難尋，飛鳥走獸不得過，遍地骸骨活人道，膽小勿驚。

前面的都是七個字為一句，後面那一句不知道為什麼，竟才四個字。

苗君儒看了一下，一時間也不懂是什麼意思。

但是整體的意思他已經看出來了，是尋找陵墓的路線及破解機關的方法。

他翻了過去，見又是一幅圖，圖上有一行人，經過一道山脊，山脊下有一些浮雲，顯然是那山很高，已經入了雲端，他數了數那些人，正好十個，旁邊寫著：欲尋陵墓，必死無疑。

他沒有看下面的字，又翻了一頁，見還是一幅圖，幾個人腰間繫著繩子，攀在懸崖峭壁上，下面還是一些亂七八糟的符號和數字，類似棋譜的文字沒有了，取而代之的是一段文字：

過天梯，下重樓，入絕境，無知擅入者，必死！解救之法於峭壁之上。先行者，以屍填洞，眾人方過，十二人至此，損一人，乃陝西王角。

也就是說，那個叫王角的陝西人，走在最前面，以自己的屍體填住了一個什麼可怕的洞口，大家才能過去。但那些亂七八糟的符號和數字，與前頁的不同，不知是什麼意思。

苗君儒前後看了片刻，也不懂內中的含義。

前面畫的是十個，後面卻說十二人至此，損一人，那還有一個人去哪裏了？

他合上那本盜墓天書，對馬福生道：「你祖上留下來的祖訓，告誡你們不要去尋找陵墓，是吧？」

馬福生點頭道：「那是，那是，據我所知，從我爺爺開始，就沒有再繼續那樣的營生了，否則也不會像現在這樣。」

苗君儒剛才在外面看到了那些村民的服飾，是哈尼族的裝束。哈尼族與彝族、拉祜族等同源於古代的羌族，主要分佈在雲南西南部哀牢山和蒙樂山之間高山地區，但在四川南部及貴州西北部地區也有一些零星的分佈。

馬福生不但說一口流利的漢話，而且在稱謂上，並不像哈尼族的人一樣稱爺爺為阿波，看來，馬福生是出生於這裏的漢人。

陳先生見苗君儒看過盜墓天書後，說出那樣的話，忙問，「怎麼樣？這書有用嗎？」

且不說有沒有用，光是這一百幾十頁的霍光紙，就值幾十萬大洋。就其真正的價值而言，並不比那塊萬璃靈玉遜色多少。

苗君儒點了點頭。

陳先生剛要說話，外面突然傳來兩聲槍響。

阿強的反應很快，拔出槍站在了陳先生的身邊，眼睛看著周圍，尋找異常的動靜。其他幾個人都站起身，一齊望向門口。

門口衝進來一個人，走到陳先生的面前，躬身道：「我們有一個人被殺了！」

「被什麼人殺的？」陳先生問。

「不知道！」那個人說。

「那為什麼開槍？」陳先生問。

「是死的那個人開的，」那個人說。

「走，去看看，」陳先生說，他回頭對苗君儒道，「收好那本書！」

苗君儒正要把書收起來，不料馬福生搶先一步，已經將書拿在了手裏，說道：「你們還沒有給錢呢，這書現在還是我的！」

陳先生道：「好，我馬上把錢給你，不就是四萬大洋嗎？我有的是錢。」

「什麼？四萬大洋？」馬福生望向萬老闆：「萬老闆，你也太黑了吧？去年我欠你兩千大洋，利滾利變成四萬多，害我拿那塊玉石出來當給你，這本書你只答應給我五百大洋，卻向人家要四萬！」

萬老闆見馬福生這麼說，臉色大變，望著陳先生，結結巴巴道；「他剛……剛才是向……我要……要四萬的，我……我對天……」

「對天發誓是吧？」陳先生默然道：「我應該感謝你，如果沒有你，我找不到這麼好的寶貝，放心吧，如果我能夠安全回去的話，四萬現大洋，一個子都不會少給你的家人。這件事情越少人知道越好，委屈你了！」

阿強走上前，扯起萬老闆的衣領，將他往牆邊拖。

萬老闆嚇壞了，跪在陳先生的面前，大聲哭道：「陳先生，你大人有大量，饒過我吧，那些錢，我都不要了，這件事我也不會對其他人說的，求求你，饒了我吧！」

「只有死人才不會說話，」陳先生冷冷說道：「這人呀，不能夠太貪婪，本來我還想你跟我們一起走的，算了，就不留你了，剛才古老闆也說這裏的風水不錯！」

「饒命呀，饒命呀，苗教授，你……」萬老闆被阿強拖著來到牆角下，隨著一聲槍響，他的屍體落在草叢中，從頭部迸出的鮮血射在牆上。

陳先生望向苗君儒，問道：「你認識姓萬的？」

苗君儒道：「以前見過幾次面，求我幫他看東西！」

「陳……陳老闆，這書你想要的話，就拿去吧！」馬福生見狀，早已經嚇得雙腿發軟，拿著書的手，一個勁地顫抖著。

「錢還是要給的，」陳先牛從身上摸出了幾個銅板，放到馬福生的手裏，低聲問道：「這麼多錢，夠嗎？」

「夠了，夠了！」馬福生連連說道。

「是夠了，」陳先生說道：「買些香燭紙錢，應該夠了！」

阿強走上前，去扯馬福生，嚇得他「撲通」一聲，也跪了下來，頭如搗蔥地朝陳先生磕頭，才磕幾下，頭上已經見血。

看在祖上有淵源的份上，苗君儒說道：「陳先生，那本書是他的祖上留下來的，有些東西我還沒有看懂。」

「你的意思是，他對於我們還有用？」陳先生問。

苗君儒點頭道：「說不定他比你手下的人還有用。」他望了古德仁一眼，見古德仁的眼神望著遠處的大山，眼前發生的事情似乎與其無關。

陳先生不再說話，跟隨那個人出門去了，其他幾個人也跟在他的身後。出了門，在那個人的帶領下，一行人沿著這座宅子右邊的圍牆，拐了一個彎，來到一處已經倒塌的牆邊，看見地上倒著一個人，喉嚨已被割開，鮮血濺了一地。

牆邊的地上有一灘水跡，隱隱約約還聞到一股騷味。青灰色的牆上，寫著幾個血字：死亡將伴隨著你們。

陳先生問道：「你們聽到槍響後，趕到這裏用了多長時間？」

其中一個黑衣人答道：「不超過十秒，我們幾個衝到前面那個拐角，一眼就看到這邊了。」

苗君儒看著地上的那具屍體，問道：「他身上的槍呢？」

那個人回答道：「沒有看到，我們也覺得奇怪，一定是殺他的人把槍拿走了！」

苗君儒望著牆上的字，殺人後沾血寫字，最快也要三十秒鐘，再加上逃離，所花的時間會更多，除非兇手殺人後，沾血寫完字，再用死者的手槍開槍示警。可是這山野之中，會用手槍的人，又有幾個呢？

苗君儒問站在不遠處的馬福生，「這附近是不是常有土匪出沒？」

馬福生走近前，低聲回答：「有是有，可是那些人從來不到村裏來的呀！」他看到牆上的字，發出一聲驚呼。

「你怕什麼，不就是幾個字嗎？」苗君儒道。

「不是的……不是的……你看這裏，」馬福生翻開手中的盜墓天書最後一頁，幾個血紅的字赫然入目，竟是同牆上的字一樣。

旁邊黑色的字比較小，清晰地寫著：

此乃大祭司詛咒，見到之人，當除貪心，否則入十八層地獄……

後面的字跡模糊不清，看不明白了。

苗君儒望著牆上的那幾個字，心中想：

難道這幾字就是大祭司的詛咒，只有尋找那果王陵墓的人，才知道大祭司詛咒是什麼意思。那麼，殺這個人的兇手是什麼人，又是從哪裏得知大祭司詛咒的呢？

「這本盜墓天書，你有沒有給別人看過？」苗君儒問。

「自傳到我的手上，就沒有給任何人看過，但是以前，就很難說了，」馬福生小心翼翼的回答。

陳先生的幾個手下人已經將屍體抬走，前面響起了大卡車的聲音，想必是留在山口那些士兵，聽到槍聲趕了過來。

眾人回到門樓前的空地上，見一個穿著上尉軍官服的高大男人，帶著從車上跳下來的士兵，來到陳先生面前。

「胡連長，把村子裏的每一個人，都押到這裏來！」陳先生惡狠狠地說道。

不一會兒，那些士兵像趕鴨子一樣，把村子裏男女老少都趕到了空地前。苗君儒見這些村民，大都是老人婦女和孩子，很少有幾個青壯年男人。

陳先生朝胡連長使了一個眼色，就鑽進了車裏。胡連長朝手下的士兵做了一個手勢，那些士兵已經拉開了機栓。苗君儒突然想起了什麼，忙進到車裏，對陳先生說道：「那些村民都是無辜的人，放了他們吧！殺不得，殺不得的呀！」

「他們無辜，那我的人是怎麼死的？」陳先生冷冷道，「憑什麼殺不得，你知道什麼叫封鎖消息嗎？把活人變成死人，是最好的方法。」

車子啟動向前駛去。

「可是你看到沒有……」苗君儒的話還沒有說完，後面已經響起了激烈的槍聲，他長歎一聲：「完了！」

「你說什麼完了？」陳先生將苗君儒手裏的那本盜墓天書拿在手裏，「有這本書，我就不相信找不到那果王的陵墓。」

苗君儒說道：「你殺的那些村民，大都是老人婦女和孩子，只有幾個青壯年男人，你想過沒有，其他的男人都到哪裏去了？」

「你認為那些男人都到哪裏去了？」陳先生說：「當了土匪？就算他們想找我算帳，也不看看我手裏有幾條槍，幾百個人的土匪，我還沒有把他們放在眼裏。」

「你沒有見識到他們的可怕，」苗君儒說道：「你翻到最後一頁，看看！」

陳先生把手中的盜墓天書翻到最後一頁，看到了那幾個字，驚道：「怎麼會這樣？」

苗君儒說道：「殺你手下的人，動作乾淨利索，會用你們的槍，會寫漢字，更可怕的是，還不知道他與這本盜墓天書，是什麼關係？」

「找那個姓馬的問一下不就知道了嗎？」陳先生說。

「有些事情，恐怕那個姓馬的也不一定知道，」苗君儒說道：「你注意這個村子沒有，其他的人都是哈尼族，就他一家是漢人，哈尼族可是羌族的一個分支，在一定程度上，他們和那果王朝是有淵源的。」

陳先生說：「你的意思是，那些村民與這本書有關，也許他們根本就知道書裏的秘密，只是沒有把秘密宣揚出去而已？」

苗君儒說道：「可以這麼認為，我以前到過離這裏幾十里的地方，只聽說這裏面有一家姓馬的大財主，擁有的田地可以讓人騎馬走上一整天，有關馬家祖上是盜墓人的傳言，並未有聞！」

陳先生問：「那你當年為什麼不進來？」

苗君儒說道：「我對大財主不感興趣，而依這一帶的山形看，也沒有對我有用的東西。」

突然，空中傳來一陣尖利的嘯聲，一支紅色箭桿的箭從空而落，插在車子前面的路中間。這種產生嘯聲的箭，都是竹子做的，箭桿上挖出了幾個眼，在飛行的過程中，氣流通過眼孔發出聲音。

車子猛地停住，司機驚詫地望著前面。

通常山民們打獵用的箭，箭桿都是灰色或者黑色，這種紅色箭桿代表什麼意思，不用苗君儒多說，車內的人都已經看出來了。

「苗教授，你說我們該怎麼辦？」陳先生問。

「大錯已經鑄成，現在後悔也沒有用了，」苗君儒說道：「只要逃離他們的地盤，應該就會沒事，但是羌族人的後裔是很記仇的，說不定他們會一直尾隨我們！」

「那我就見一個殺一個，」陳先生對司機道：「別管那麼多，衝過去！」

車輪將那支箭壓在地下，很快衝過了山口。後面的車子緊隨而過。

在山口兩側的高山上，有幾個穿著漢族服飾的人，遙遙地望著村裏燃起的沖天大火，他們的眼中彷彿看到了地上那些村民的屍體，還有那一口被血染紅的池塘。

當天晚上，車隊到達瀘州城。

第二天一早起程的時候，發現幾輛車的車窗上，都被人貼上了一張黃色的草紙，紙上畫著一個紅色的骷髏頭。

他們的車子都停在瀘州城保安團的大院裏，內外都有士兵把守，什麼人能夠進去？

阿強扯掉了車窗上的草紙，對陳先生說道：「今天晚上我多派點人看守！」

上車後，陳先生問苗君儒：「那些人真的跟上了我們？」

苗君儒並沒有回答陳先生的問話，而是道：「你昨天晚上也看了這本盜墓天書，看懂了什麼沒有？」

陳先生一聽這話，高興起來，說道：「後面的那幾頁，就是尋找陵墓的路線，只是看起來，好像很不容易。」

「當然不容易，」苗君儒說道：「如果容易的話，還能輪到我們去找？」

「從這裏到雲南麗江，估計要十幾天的時間，到那裏之後，我們還要等幾個人！」陳先生說。

「等人？」苗君儒問，「等什麼人？」

「到時候你就知道了，」陳先生說著，將那本盜墓天書遞給苗君儒，「這本書還是讓你去研究吧，我昨天晚上看了一夜，看不懂裏面的意思。這一路上有十幾天的時間，只要你弄明白了就行。」

車隊過宜賓後沒有多久，道路越來越狹窄難走，到後來幾乎無法走了，勉強開到一個村裏，見村頭站著一些人，領著幾十匹騾馬。

「我早就做了準備，」陳先生說，「再往前就到雲南境內了，在那邊，我也做了一些安排。」

「你為什麼告訴我這些？」苗君儒問。

陳先生笑道：「現在我們兩個人，是一條繩上的蚱蜢，你不覺得嗎？你的任務就是，看懂這本書，帶著我們安全進入那果王的陵墓。」

「你真的有信心找到那果王的陵墓？」苗君儒問。他看到阿強下了車，對一個站在騾馬前的男人說著話，那些士兵已經各自牽著馬，將車上的東西往馬背上裝。

陳先生笑了笑，並未說話，下了車，走到那些馬中間，替自己挑了一匹健壯的棗紅馬。

苗君儒看了看手中的書，接下來的日子，是要好好研究一下這本古老的盜墓天書了。他下了車，見古德仁與馬福生站在一起，兩人低聲說著話。

苗君儒走到馬福生面前，問道：「你和萬老闆認識幾年了？」

「很早就認識，怎麼了？」馬福生問。

苗君儒問：「你知道萬老闆是幹什麼的嗎？」

馬福生回答道：「是……是賭場放……放債的，我輸了錢，都是向……向他借的……」

苗君儒問：「你以前經常去重慶嗎？」

馬福生望了一眼身邊的古德仁，回答道：「是呀，我年輕的時候經常去！」

「那你一般都在哪些地方賭呢？」苗君儒說道：「我有時候，也喜歡去玩幾把的。」

「好多年沒有去了，都忘記了，」馬福生的眼神閃爍起來，不敢再看苗君儒。

「一個晚上豪擲幾千大洋的敗家子，竟然流落到這步田地，可惜，可惜呀！」苗君儒望著古德仁：「古老闆，做人不能太貪心，我說的對吧！」

苗君儒把聲音壓得很低，轉頭對馬福生接著道：「可是你欠萬老闆的賭債，是去年才有的。」

馬福生原本猥瑣的眼神中，突然露出兇狠的目光，低聲道：「你怎麼看出了我是假的馬福生？」

「幾年前我到過這邊，不可能不去拜訪一下當地最大財主的後人，只是我當時並不知道他祖上是盜墓的。」苗君儒說道：「我不管你是什麼人，也不管你和古老闆之間是什麼關係，我只想我的這趟考古之行，能夠平安！」

馬福生道：「你看過盜墓天書，你認為會平安嗎？」

苗君儒說道：「馬大元清楚地記載下來，當年參與盜墓的，有十二個人，前後死了十個人，但是我想，那十個人裏，應該還有人留下了後人，你看你的手，看你的身材，是一塊盜墓的好料！」

馬福生大驚，「你早就知道我是假，為什麼還要向姓陳的求情救我？」

「你也是盜墓人，對書裏記載的東西，也許比我還要懂，我真的需要你的幫助，來避開那些機關，」苗君儒繼續說道：「殺死陳先生手下的，應該是你的人吧？」

古德仁低聲道：「苗君儒，知道的事情太多，對你並沒有好處！」

苗君儒並不理會古德仁的警告，說道：「如果我沒有猜錯的話，盜墓天書和萬璃靈玉早就被你們弄到手了，可是你們沒有辦法尋找到陵墓，所以才想辦法把我和陳先生引入局，想借我和他的力量，幫你們找到陵墓，取出那些傳說中的珍寶。放心，我不會亂來的，我只是一個考古學家，接下來，我們各自扮演好自己的角色就行。」

苗君儒說完走開，到阿強的面前，拿過一匹白馬的韁繩，一躍上馬，他上馬的動作輕盈，一下子彷彿年輕了十歲，雙腿一夾馬肚，那馬長嘶一聲，奔了出去。

古德仁望著苗君儒的背影，神色凝重起來。幾十年了，他現在才認識到，自己對苗君儒瞭解得實在太少。

他當然不知道，一個成功的考古學家，本身就是一個出色的探險家，而探險家所具備的生存技能，絕對出人意料。

馬隊翻過四川和雲南交界的五蓮山，在竹林和山谷中走了三天兩夜，到達了雲南的昭通，換了大卡車，繼續南行。到達昆明便折向西，十幾天後到達大理。

這期間，苗君儒都在專心的研究那本書，漸漸地，也就看出了不少門道。而此時，在重慶，由於他的失蹤，引起了一陣軒然大波，負責此案的是重慶市警察局偵察大隊的隊長張曉泉。

沒有幾天，從南京那邊傳來消息說，有兩個剛回國沒有多久的專家也離奇失蹤了，一個是地質學家，一個是生物學家。

張曉泉在調查的時候，發現這三個專家失蹤的時間，前後相隔幾天。他從另一條線查到，重慶市最大的古董店——古餘軒的老闆古德仁，也不見了，店裏的夥計告訴前去調查的人說，老闆去南方看貨了，問什麼時候回來，回答說不確定，有時候十幾天，有時候一兩個月。

張曉泉隱約覺得，古德仁與苗君儒的失蹤有一定的聯繫，但是他無法找到相關的線索。

重慶市警察局將大量的警力，用在配合特務抓捕進步人士和地下黨方面，

能夠抽出來參與破案的人少之又少

在詢問苗君儒的兒子苗永健時，得知苗君儒失蹤前見過古德仁帶來的一個人，至於那人來做什麼，雙方談了什麼。苗永健只說不知道。

苗永健當然不會亂說，陳先生派人來取走苗君儒那些工具的人，警告過他：如果想苗君儒平安回來，就不要亂說話。

考古、生物、地質，這三門學科有什麼樣的牽連？張曉泉想破了頭，饒是他破獲過許多大案，有許多破案的經驗，都無法將三者聯繫在一起。

不少媒體報導說，有可能是延安那邊秘密派人將他們接走了。

這一點完全可以排除，張曉泉也接觸過一些學者專家及進步人士被接走的案件，延安那邊既然要秘密派人將他們接走，都不會留下其家眷的。除地質學家外，另兩個專家，都是有子女或者妻子在身邊的。

在這三個人中，苗君儒的失蹤最為人注目，他是目前國內頂極的考古學者，在國際上有很大的影響。

張曉泉仔細分析了苗君儒的研究，由於苗君儒的研究專案太多，一時也無法理清頭緒，究竟從哪一塊入手。

到大理後，車隊換成了馬隊，往北前行。

苗君儒坐在馬上，低頭看著手中的書，翻到那一頁，是〈論龍穴十要〉，分為：

得龍脈、乘龍氣、識龍意、識龍變、知龍勢、看龍星、察龍咽、詳龍峽、論龍格、傳龍法。

也就是要人根據山川走勢，尋找龍脈，確定龍穴所在，然後入葬。古人在選擇入葬的時候，必請風水師看好風水。這本盜墓天書，就是根據古代的風水學說，來確定墓葬所在的。

至於墓穴的方位和深度，也與風水有關。

他看著第六個「看龍星」下面的注譯，是一段銘文

……權星、尊星、峋星、焰天火星、漲天水星、獻天金星、沖天木星、補天土星、此龍家出身之星。華表捍門、禽獸塞口、龜魚鎮戶、羅星收堂，此龍來結局之星。

……九腦芙蓉、五腦梅花、三台品字、仙橋大帳、櫥櫃倉庫、樓閣殿陛，

> 此龍來行度之星。直圜方尖由五星外又有九星，九九變來有八十一星。此龍來結穴之星。今之所要看者，正在結穴之星，有坐、立、眠、側之分，有正、兼、襯、貼之辨；俱要蓋帳，輪暈照主穴場，尋龍知此，則有了巒頭，穴可知也。

……在文字中間那「三台品字」四個字的下面，劃有一橫，墨蹟與原先的字跡不同，這幾天他仔細對照過後面的字跡，確認是同一時期的墨蹟。

苗君儒想道：馬大元在這四個字下面做上標記，莫非在告訴後人，那果王的陵墓是按「三台品字」來確定穴位的？可是兩千多年前，羌族的文化與漢族文化，彼此是不通的。那果王的陵墓選址，憑什麼會按照這本書中所說呢？或許馬大元在找到陵墓後，覺得陵墓的位置與走向，與「三台品字」穴位相同，才留下了那一筆。

他往後翻了幾頁，翻到梅花易數那一頁。他以前接觸過這一類的資料，知道梅花易數是古代卜卦算命方面的典籍，涉及方方面面，各派分支論述在民間有很多，隨便找來一本，起碼也有兩寸厚，絕不似這麼區區幾頁紙。

這幾頁紙中的內容，只是摘錄梅花易數中的一小節，即「八宮所屬五行」

> ……乾兌金，坤艮土，震巽木，坎水，離火……震，巽木旺於春；離火旺於夏；乾兌金旺於秋；坎水旺於冬；坤艮土旺於辰戌丑未月……甲，乙東方木。丙，丁南方火。戊，己中央土。庚，辛西方金。壬，癸北方水。……子水鼠，丑土牛，寅木虎，卯木兔，辰土龍，巳火蛇，午火馬，未土羊，申金猴，酉金雞，戌土犬，亥水豬……

在「震巽木」、「丙，丁南方火」、「卯木兔」的下面，也劃有一橫。

如果說前面那一劃是陵墓的方位與走向，那麼，這三劃是什麼意思呢？在整本書中，下面劃橫線的地方，有十幾處之多。

第六章

魔鬼的詛咒

陳先生指著道路上的三支紅色箭桿問：「那是什麼意思？」
他穿了一身不帶軍銜的軍裝，腰間圍了一圈子彈帶，
斜插著兩支左輪手槍。
刀拉卡道：「那是魔鬼的詛咒，每一個看到詛咒的人，
如果不趕快離開的話，會死得很慘的。」

馬隊在三天後到達了麗江。

苗君儒以前來過這個美麗的地方，當時他就被這裏的山青水秀所吸引，在這裏前後停留了半年之久。

這裏生活著納西、白、普米、藏、傈傈、彝、苗等十幾個民族，每一個民族都有自己的文化和特色。特別是納西族的古樂，極具秦漢之風，卻具有本民族的精髓；還有東巴的象形文字，與漢族遠古的象形文字有相似之處，至今仍有族中的老者，用鐵筷子在火中燒紅後，於竹片上刻字，那些字的含義，與漢族的象形文字有很大的區別。

他坐在火塘邊，在嚮導的幫助下，向一個九旬的老者學了近二十天，才弄懂大部分東巴象形文字的含義。回去後，他寫了一篇關於東巴象形文字的論述，在國際上引起了轟動。之後不久，以美國為首的七個國家的考古專家，組成考古團，來到這個偏遠而又美麗古老的地方，挖掘東方少數民族的古老文化。

據他所知，這一帶雖有不少用來祭祀祖先的地方，但是並沒有廟宇。

在靠近巴東地區的山林中，他和嚮導被一群胸前露出奶子，腰以下用樹葉和獸皮遮住的女人擄走，帶到一個寨子裏，寨子裏都是一個個用茅草和泥土做成的矮小窩棚。他見過不少民族簡陋的建築，像簡陋到這樣的建築，還是第一次見到。整個寨子裏，看不到一個男性，全是女人和孩子，所使用的工具，也都原始得讓他吃驚。難道這裏的人還沒有進化到文明時代？這可是一個偉大的發現。

在那裏，他領略到了遠古時期母性的粗曠和豪放，他的嚮導被四個身體健壯的女人折騰了一夜，第二天連走路的力氣都沒有了。而他，也遭到了兩個女人的蹂躪，其中一個看上去還是首領。

兩天後，他和嚮導被那些女人抬出了山林，丟在山道上。

他第二次去雲南的時候，帶了幾個助手，想去尋找那個處於原始時代的民族，可惜原來的嚮導已經死了，他憑著記憶在那一帶地方搜尋，竟再也找不到了。

當時苗君儒還以為自己所遇到的，是具有母系氏族特徵摩梭人的一個旁支，但是當他向當地人詢問時，當地人卻不認同，他們也知道在山林中有一群女蠻夷，常在外面抓男人進去配種。

那一帶山林地域廣闊，若要一處處的去尋找，是不可能的，苗君儒只得放棄那一課題的研究。

從麗江到阿達瑪，有一天的時間應該夠了。一行人暫時住了下來。

陳先生不知道從哪裏找來了一個叫刀拉卡的彝族嚮導，刀拉卡看上去四十多歲，但真實年紀還不到三十歲。

這裏的男性長年在外風吹日曬，用簡單的工具進行刀耕火種，皮膚黝黑，顯得很蒼老，看上去要比實際年紀大出許多。

刀拉卡是個當地出色的獵手，對這一帶的山林都很熟悉。當苗君儒問到在阿達瑪附近有沒有古廟時，刀拉卡一個勁的搖頭：「這一百里之內，都沒有一個叫阿達瑪的地方。」

「是不是圖上有錯？」陳先生問。

苗君儒：「幾十年前，也許有，可能現在沒有了。我們必須要找一個八十歲以上的老人，才能問得到。」

八十歲以上的老人雖不多，但也不難找，不到半天的時間，刀拉卡就帶著人找來了三個，其中的一個還是老土司。老土司的身邊還有一個管家，這個管家穿著漢人的服飾，躬身站在老土司的身邊，一副很虔誠的樣子。當苗君儒定睛望著那人的時候，見那人的臉上顯露出幾分不自然的神色來。

老土司的雙眼已經瞎了，牙齒也已經落光，但他那一身與眾不同的打扮，顯示出他特殊的身分來，當苗君儒說出阿達瑪這三個字的時候，老土司的臉色頓時變了，含糊不清地說出一串沒有幾個人聽得懂的話來。

苗君儒問刀拉卡：「他說什麼？」

刀拉卡回答道：「他說阿達瑪是個被詛咒的地方，去的人沒有人能夠活著回來。」

「問他阿達瑪在哪裏。」陳先生說。

刀拉卡和老土司一番嘰哩呱啦後，告訴陳先生道：「他說阿達瑪是個美麗的小村子，卻在幾十年前的一個晚上，全村人被殺，沒有一個人活下來，那地方一直沒有人去，好像在虎跳岩那邊。我以前打獵的時候，去過虎跳岩那邊，並沒有見到有什麼村子，更別說古廟。」

虎跳岩就在金沙江虎跳峽的中段，地勢十分險峻。虎跳峽離麗江並不遠，在玉龍雪山與哈巴雪山之間，兩岸均如刀削斧砍，陡峭險絕。谷底狹窄，最窄處僅有幾十米。從江面到山頂高差達萬丈，舉頭只見一線天。

若是尋找古墓的起點在那裏的話，倒是迎合盜墓天書中所畫。只是那地方的山道太崎嶇，不要說滿載貨物的馬匹，就是一個空著手的人，也不見得安全走得過，稍有不慎，便會墜入萬丈深淵，粉身碎骨。雖是幾十里山路，卻也要走上兩三天。

在刀拉卡的介紹中，苗君儒知道這個老土司，是這方圓幾百里內最有威信和土地最多的人，老土司唯一的兒子在十年前就死了，身邊只有一個忠心耿耿的老管家。

送走那三個老人後，苗君儒見到另兩個人，其中一個四十多歲，叫蘇成，是一個生物學家，另一個三十歲左右，叫程雪天，是地質學家。

苗君儒望著程雪天，在對方的臉上，找到了程鵬的影子。

「原來你就是鼎鼎大名的苗君儒教授，」程雪天笑著說：「我可常聽父親說起你！」

苗君儒與程雪天禮節性的握了一下手，他從對方的眼中，看出那一抹怨恨。也許程鵬將他們之間的恩怨，已經告訴兒子了，對一個從小就使自己失去母愛的男人，除了恨，還有什麼呢？

古德仁望了程雪天幾眼，轉向苗君儒意味深長地笑了笑，並不說話。

「雲南是個好地方呀！」蘇成說道：「這裏陽光雨水充足，低緯度但是地勢高，山形地貌奇特，有很多奇花異草，許多植物都是我們認為已經在地球上消失了的，」他望著程雪天說道：「你是第一次來吧，可要好好研究一下，這裏有很多喀斯特地形和地下溶洞，都是世界獨一無二的，千萬不要放過。」

「陳先生請你們來，是幫助你們研究的？」苗君儒問。

「是呀！難道你不是嗎？」蘇成笑道：「只是他們叫我們來的方法有些欠妥，跟劫持一樣，我開始還以為遭遇匪徒了呢！」

原來這兩個人也是這麼被「請」來的，苗君儒啞然失笑。

貨物太多，如果請山民背的話，太勞師動眾，陳先生問過刀拉卡關於山路的情況後，決定還是以馬馱為主，另外雇了十幾個山民。

當晚，古德仁來到苗君儒的房間，說道：「我剛剛用梅花異數為我們此行卜了一卦，你猜怎麼了？」

「乃大凶之兆！」苗君儒合上正在看的盜墓天書，說道。

「你怎麼猜到了？」古德仁微微一驚。

「從你臉上的神色已經看出來了，」苗君儒低聲道：「你們早就得到了這本書，為什麼不組織人手尋找古墓呢？」

古德仁並不回答，顯露出一副高深莫測的神色來，說道：「你有沒有仔細看這本書最後那一頁？」

苗君儒說道：「最後那些內容是馬大元加上去的，好像並沒有寫完，我仔細看過，發現有被撕過的痕跡，至少有兩頁紙被撕掉了。」

「知道就好，」古德仁說道，轉身出了門。

苗君儒望著古德仁的背影，竟猜不透對方的真正來意。

第二天一大早，苗君儒得到消息，古德仁昨天晚上不見了，生不見人死不見屍，在他住過的房間裏，有一大灘鮮血，床上用血寫著幾個字：死亡將伴隨著你們。

還是那一句話。

那些當兵的，天生不信邪，倒也不覺得什麼。可是陳先生手下那些穿黑色西服的人，大多數人的臉色都變了。

苗君儒看到那個假冒馬福生的人，在人群中走來走去，似乎在找什麼。方連長行事乾淨利索，早已經安排好了一切，一聲令下，一百多號人的隊伍緩緩開始前行。

刀拉卡和方連長各騎著一匹走在隊伍的前面，陳先生被阿強等黑色西服的圍著，走在中間，苗君儒等三個專家，在六七士兵的護送下，緊跟著陳先生。

離開麗江古城，他們沿江往北而行。沿途的美麗景色，吸引了很多人，他們的臉上蕩漾著興奮，暫時忘卻了血字帶來的陰霾。

行出十幾里，馬隊上了山道。

山道寬不過兩尺，是山民用柴刀日經月累地在陡峭的山壁上砍出來的，一邊靠峭壁一邊臨江。蜿蜒向上，剛開始的時候，還能夠騎馬，行不了多久，便無法再騎了，一個個下馬牽著韁繩，慢慢地在山道上走了。

山道很陡，有的地方坡度超過六十度，那些馬前扯後拉，才勉強爬上去。行了整整一天，不超過十里山路。

日落時分，馬隊來到一處較為平緩的地方。再往上，坡度更陡，山道更險。很多人都累壞了，躺在地上不願起身。

突然，一個躺在石頭邊上的黑衣男人跳起來，右手捂著脖子，踉蹌著往前奔，神色恍惚，幾個人去拉，都沒有拉得住，眼看著他失足掉下懸崖。

刀拉卡來到那個士兵剛才躺過的地方，翻開石頭，見一個形狀怪異，有些像蚰蜒的蟲子，迅速鑽進了石縫之中。

「快，把我帶來的萬金油每人分一盒！」蘇成叫道。

早有士兵從馬背上搬下了幾個麻包，打開，拿出裏面的東西分發。有兩包是粉狀的硫磺，幾個士兵將硫磺沿眾人休息的地方撒過去。

在這種地方，蛇蟲蚊蟻特別多，很多都是帶有劇毒的。硫磺可是好東西，既防蟲又防蛇。苗君儒找了一個袋子，裝了一些硫磺備用。他以前有一次宿營在外面的時候，半夜感覺身邊涼涼的，用手一抓竟是一條蛇，還好他的動作快，沒有被咬到。

當這邊的篝火燃起的時候，眾人驚奇的發現，在對面的山頭，竟也有幾堆篝火。難道對面的山頭上也有人？

陳先生找來刀拉卡，刀拉卡回答說，經常有很多山民在山裏過夜，並不足為奇。也許對面的人，只是一些合夥打獵的山民。

第二天天亮的時候，從幾個黑色西服男人驚恐的神色上，苗君儒知道又發生了事情，果然，幾個士兵從一頂靠岩石下面的帳篷中抬出了幾具屍體。

蘇成在檢查了那幾具屍體的時候，連說怪事。

苗君儒在人群中看到那個矮小而又猥瑣的身影，那人正在低頭整理自己的東西，彷彿發生的一切事情都與他無關。

埋了那幾具屍體後，隊伍沿山道繼續往上走，越往上就越陡，有的地方不過尺把寬。

苗君儒看著頭頂高聳入雲的峭壁，知道進入虎跳峽了。原本水流平緩的江水，流到這裏後，由於江面變窄，落差變大，江水順勢而下，咆哮起來。整個山谷都迴盪著江水的轟鳴聲。

蘇成走在苗君儒的身後，說道：「他們渾身上下沒有一處傷痕，苗教授，你見多識廣，能夠猜到那幾個人是怎麼死的嗎？」

「按照這邊山民的說法，是被山魈吸了陽氣，」苗君儒說道：「我以前在這邊的時候，也聽說過這種事情。」

蘇成笑道：「那些只是無知山民的說法，從科學上，有什麼辦法解釋嗎？」

「其實你已經有了答案，只是不敢肯定而已，」苗君儒說道，「我說的沒有錯吧？」

蘇成笑了一下，說道：「他們幾個人死狀安詳，但是眼睛充血暴凸，面色青紫，是窒息死亡的，我看了一下他們睡覺的地方，覺得很不可思議，那是靠近岩石的地方，不可能有這種現象的呀！」

「再往後，有更奇怪的現象會發生，你可以慢慢尋找答案。」苗君儒笑道，「陳先生請你來，不就是要你研究的嗎？」

「能夠告訴我，我們到底要去什麼地方？」蘇成問。

「我也不知道，你要想知道的話，就去問陳先生。」苗君儒說道，「和你一樣，我也是被他們請來的。」

進入峽谷後，頭頂一線天，光線也暗了許多。兩邊峭壁對立，彷彿隨時會壓下來，江水的轟鳴聲在峽谷間迴響，聲勢分外奪人。在一處拐彎的地方，一匹馱著貨物的馬匹連那個牽著韁繩的士兵，一同墜入了深深的谷底。

眾人原本懸著的心頓時緊緊揪了起來，連呼吸都變得短暫和急促。

下午的時候，天空中飄起了雨，使山道變得滑溜。每走一步路都小心萬分，不時有人連著馬摔下去，慘叫聲在谷中迴盪，很快便被江水的轟鳴聲所掩蓋。

這雨來得快也去得快，很多人都被打濕了，被峽谷內的山風一吹，頓覺寒冷刺骨。

往前走了一陣，山勢一變，越發狹窄起來，對面的峭壁彷彿觸手可及。苗君儒看到右側的峭壁上，好像被巨斧凌空砍出了一條深不見底的溝壑，下面隱約傳來流水聲。這是一條金沙江的支流，來自玉龍雪山，河水在這裏與金沙江匯集。

刀拉卡朝頭頂對面一塊凸起的巨石指指點點，苗君儒舉頭望去，見那塊黑色巨石在萬丈峭壁之上，朝前凌空而立，像一隻正欲越過溝壑的猛虎。

看到了虎跳石，離阿達瑪應該沒有多遠了。

刀拉卡說道：「前面就到魔鬼花叢了。」

過了虎跳岩，山道順勢向上，拐過一處埡口，眼前頓時一亮。這是一大塊山勢較為平緩的山坡，坡上開滿各色鮮花，香氣怡人。遠遠地，可隱約看見已上雪線的玉龍雪山主峰——扇子陡。只見周圍的山脊上的雪線呈南北狀，如同一條迴旋盤舞的玉龍，玉龍雪山的名字就是這麼來的。在夕陽的映射下，山嵐間雲蒸霧湧，玉龍乍隱乍現，群峰像被玉液清洗過一樣，晶瑩的雪光耀目晃眼。看得眾人眼睛發直，幾乎都呆了。

那些山民把一種草藥在手裏揉碎，將汁水抹在鼻子下，放下身上的貨物，朝雪山跪拜起來。

苗君儒見走在他後面的假馬福生，拿出了一瓶萬金油，往鼻子下面抹了點。蘇成看到不少人去採摘那些花草，想要制止的時候，已經遲了。有幾個士兵的身體已經軟癱在了花叢間。

苗君儒覺得頭有點暈暈的，忙在鼻子下面抹了一點萬金油，神智立刻清醒了許多。其他人見狀，也紛紛在鼻子下面抹萬金油。

蘇成對大家大聲道：「這些花裏面那種最漂亮的，叫蔓蓮，散發的香氣裏帶有神經性的毒素！大家用毛巾捂著鼻子，千萬不要聞！」

刀拉卡領著大家繼續往前走，說是只要過了這一帶的魔鬼花叢，就沒有事了。

幾個士兵用毛巾捂著鼻子，將那幾個暈過去的人抬了出來。阿強則帶了幾個士兵，在隊伍的最後，不知道往地上埋什麼東西。

往前翻了一道山坡，見是一大塊綠油油的草地。不用人吩咐，那些士兵已經有條不紊地安營紮寨了。

蘇成被請去處理那些暈過去的人，生物學家有時候比醫生還要管用。

苗君儒看到陳先生把蘇成請到帳篷裏，兩人不知道談些什麼。趁著天色還看得見，程雪天拿出了一些儀器，對著遠近的山峰量來量去。那個叫馬福生的老頭子，與一些士兵在剛升起的篝火旁聊天。

突然，從下面傳來幾聲劇響，陳先生從帳篷裏衝出來，望著下面騰起的煙霧，露出一絲不易察覺的微笑。

苗君儒瞬間明白過來，原來阿強在路上埋的東西，是地雷。陳先生一定猜到有人在後面跟著他們，而且人數還不少，才要阿強那麼做。難道那些跟來的人，是從千里之外跟蹤來的？

當天晚上，負責警戒的士兵比往常多了兩倍。

但是次日早上，還是不可避免地出現意外，十幾個士兵冰涼的屍體被人從帳篷中抬出，一字排開擺在眾人的面前。

在前進的道路上，三支紅色箭桿的羽箭並排插在路中間。那些山民見狀，嚇得不顧一切丟下東西就跑。刀拉卡的臉色鐵青，也要隨那些山民離開，被阿強死死拉住。

「那是什麼意思？」陳先生指著道路上的三支紅色箭桿問。他穿了一身不帶軍銜的軍裝，腰間圍了一圈子彈帶，斜插著兩支左輪手槍。

「那是魔鬼的詛咒，」刀拉卡說道：「每一個看到詛咒的人，如果不趕快離開的話，會死得很慘的。」

一個士兵上前，伸手拔掉那三支紅色箭桿，他的手好像被什麼東西螫了一下。回頭剛走了幾步，突然大聲尖叫起來，眼睛驚恐地盯著手背。眾人見他手背上的皮膚下面，凸起一條條的東西，不斷蠕動著，好像有許多蟲子順著手臂往上爬。

「萬蟲蠱！」刀拉卡忙抽出腰刀，一刀將那士兵的手臂砍斷。那個士兵大叫一聲，暈死過去。幾個人同時上前，抬走那士兵到一旁包紮。

只見落在地上的那截斷臂，頃刻之間萎縮下去，一隻隻黃色的蟲子鑽破皮膚，迅速鑽入地下，而那截斷臂，只剩下一層皮包著骨頭，血肉全被蟲子吃光了。若不是刀拉卡的動作快，那個士兵此刻只怕變成一具皮包著骨頭的屍體了。人要是這麼死法，確實很恐怖。

所有人的心中都蒙上一層灰色，眼神中流露出來的恐懼，全都寫在了臉上。

「事情成功後，每人加三百大洋，人死了的，加五百大洋給家人，」陳先生大聲道：「我們只要小心點就沒事！」

陳先生的巨額獎賞，好歹使眾人的臉上緩回了一絲血色。

兩千大洋的代價，使刀拉卡勉強答應將眾人帶到阿達瑪。

接下來要走的山路，都是在懸崖上鑿出來的，幾乎攀著岩走，身下就是萬丈深淵，幾個膽小的人，腿都已經開始發抖了。馬匹根本不能走，沒有辦法，陳先生只得命人將一些緊要的東西先帶上，其餘的東西和馬匹暫時留在這裏，派幾個士兵看守，將那些受寒打擺子的人也留了下來。

苗君儒望著身後的人，想著盜墓天書上的警告，隊伍還沒有到達阿達瑪，就死傷這麼多人，要是真正找到那果王的陵墓，還會剩下多少人呢？當年的那十二個人，是怎麼走過去的？

那個叫阿達瑪的村子，為什麼會在這種地方？村子裏的人，和那果王的陵墓，究竟有多少關係？幾十年前，是什麼人殺了整個村子裏的人，那些人為什麼要那麼做呢？

那個假馬福生經過苗君儒身邊的時候，低聲說了一句：「你都看到了！」

「我看到了什麼？」苗君儒問。

「恐怖！」假馬福生丟下了這兩個字。

沿著這條深不見底的深淵，眾人在岩壁上攀著，一步步的前進，山谷中的風很大，誰都不敢大意。儘管如此，仍有不少人一不留神，腳下一滑，連慘叫聲都沒有來得及喊出，身子就「嗖」的一下墜了下去。

攀過了兩三里長的岩壁，就聽到了巨大的轟響聲。沒有多久，映入眾人眼簾的是一道明晃晃的白練。

是瀑布。

一道水流從高高的山崖上落下，轟響聲是從下面傳上來的，震得人耳膜發疼。

現在並不是雪化的季節，在這高山之上，居然還有這麼大的水流。

攀上一道極陡的山崖後，苗君儒被眼前的景色驚呆了，所站之處是一塊很平的山地，瀑布之上還有一道瀑布，從山上落下，雖然落差並不大，但是氣勢磅礴，宛如一塊巨大的白布掛在半空中，水流飛舞，濺起的小水珠在空氣中四下飛散，半空中，有一條絢麗的彩虹，與遠處的雪峰相映，使眾人的目光逐漸迷離起來。站不了多久，身上就被瀑布激起的水霧淋濕了。

山地上，有一些很矮的樹叢。按道理，山上大多是參天的大樹，像這種很矮的樹叢，是很少見的。

蘇成蹲在樹叢中，採出一株小植物，對苗君儒叫道：「這就是恐龍稱霸地球的侏羅紀時代生存過的蕨類植物——瑪歌草，美國的生物學家在非洲找到過它的蹤跡，想不到我國的南方也有這種植物，全草均可藥用，治瘡毒和毒蛇咬傷，有驚人的效果。這種草在國際上的醫用價值相當高。」

苗君儒對蘇成的介紹並不太感興趣，他已經在樹叢中，看到幾塊壘成的石頭，而這些石頭上，也有人工雕琢過的痕跡。將村子建在瀑布的旁邊，這種現象在雲南這地方並不多見，一旦山洪爆發，後果不堪想像。

他從包中取出一把小鏟，鏟起了一些泥土，見紅色的泥土中有許多黑色的小塊木炭。

不錯，阿達瑪應該就在那些樹叢中。

阿達瑪找到了，可是古廟呢？

苗君儒翻開盜墓天書，認真辨認著上面的記述。

陳先生走過來，問道：「怎麼樣，看出了什麼名堂沒有？」

「我們必須要找到古廟！」苗君儒放眼望去，要想在這叢林之中尋找一個消失多年的古廟，談何容易。

陳先生對阿強說道：「你去告訴方剛，要他的人馬上展開搜索，一定要找到那個古廟，千萬記著，要注意安全，必要的時候，穿上我們帶來的防護服。」

阿強說道：「我們帶來的防護服都已經留在下面了，就帶了一些隨身的東西。」

「叫他手下的人看著辦，」陳先生說道，阿強剛要離開，他又說道：「慢著！」

大家見程雪天從兩個箱子裏拿出了一些工具，開始支起架來。在下面的時候，他寧可把其他的東西丟掉，就是要帶上這兩個箱子。方剛安排了兩個體格健壯的士兵，專門為他背東西。

陳先生來到程雪天的身邊，他當初把程雪天劫來，就是看中對方先進的美國科技。

程雪天打開了儀器，開始利用聲波搜索。這台聲波定位儀，是美國的最新產品，可以探測地下二十米深的地方。

刀拉卡對陳先生說道：「這裏就是阿達瑪了，你答應給我的錢呢？」

陳先生對阿強說道：「你給他吧！」

阿強對刀拉卡說道：「我們到一邊去，我還有幾個問題想問你，是關於這條深溝的。」

兩人並肩走著，來到瀑布邊，望著那水流向下沖去，聲勢駭人。阿強似乎要說話，卻突然抽出一把匕首，趁刀拉卡不注意，插進了刀拉卡的腰間，隨即用力踢了一腳，將刀拉卡踢入奔騰而下的水流中。

苗君儒看到這一幕，心中暗驚，臉上並不動聲色，他慢慢走到瀑布落下的水潭邊，看著下面的水流，片刻後，他的嘴角露出一抹笑意。上面流下來的水並不大，但是從水潭中往下流出去的水，卻比上面下來的多出許多，這水潭下面，肯定有一條暗河。他看了一眼手中的書，上面的那幅圖顯示，幾個人舉火把前進。古廟的入口會不會就在水潭裏呢？

他合上書，回身看了一下周圍的山勢，見叢林右側上方的崖壁上，明顯凹進去一大塊，青色的岩石上似乎有幾個字，距離太遠，看得不清楚。

他返身從包中取出高倍望遠鏡，對著那處崖壁望去，見崖壁的岩石上寫著幾個紅色的字跡，雖然模糊，但是卻可以看得清，是象形文字，意思和前面見過的那些血字一樣：死亡將永遠伴隨著你們！

這是大祭司的詛咒，兩千年前就刻在崖壁上的。苗君儒激動起來，一步一步走到這裏，離那果王朝越來越近了。

遠處傳來槍聲，一定是留在那裏的人跟另一幫人接上火了。大家朝槍響的地方望了望，繼續手頭的工作，彷彿槍聲與他們毫無關係。

程雪天指著遠處崖壁的下方對陳先生說道：「那裏有一個空洞，派人去看看！」

方剛一揮手，兩個手持長竿的士兵走在前面，不住用長竿敲打兩邊的樹叢，十幾個士兵緊隨其後，用馬刀迅速砍出一條筆直的通道來。

有先進的設備就是不一樣，不用大費周章去尋找。

苗君儒隨著眾人來到崖壁下，見這裏有一處用石頭壘成的檯子，共有三層，每層高出地面尺許，最上一層是用方方正正的石頭拼起來的，非常平整。

這是一處祭台，並非古廟。

站在祭台上，苗君儒看到祭台後方的草叢中，有一排青色石板鋪就的小道，一直延伸到崖壁下。而崖壁最下面靠近地面的地方，岩石的顏色與別的地方不同，呈紅褐色。旁邊的樹叢中，有幾塊斷裂的巨大岩石，岩石是經過人工雕刻的，若將幾塊拼在一起，依稀可以看出原來的模樣，是人首獸身的猛獸。

程雪天望了苗君儒一眼，得意之色溢於言表，對那處紅褐色的岩石大聲說道：「就在這塊岩石的後面，有一個很大的空洞。」

早有士兵拿來了工具和炸藥。

「慢著！」苗君儒來到紅褐色岩石的面前，阻止了那些士兵的魯莽。在考古的過程中，最忌用炸藥。炸藥爆炸時產生的力量，具有極大的破壞。那些歷經多年歲月的古建築，很大程度上都已經腐蝕了，若遇到強烈的震盪波，會倒塌下來，將裏面的東西壓壞。而且這裏地處高山的雪線之下，雖是冬季，但也無法排除引發雪崩的可能性。無論出現哪一種情況，都是他不願意見到的。

他取出一個小錘子，輕輕的在崖壁上敲著，裏面傳來「咚咚」的聲音。這岩石的後面，的確有一個很大的空間。

將古廟建在天然形成的溶洞之中，倒也符合古代羌族人的建築風格。

「千萬不要用炸藥，」苗君儒對陳先生道，「這個洞口是後人封住的，並不厚，用工具慢慢撬開就行。」

陳先生見天色不早，大聲道：「先留一個班的人挖洞，其餘的人就地紮營。」

苗君儒見那個假馬福生望著崖壁，神色有些興奮。他走上前，低聲問，「你認為古廟就在岩石的後面嗎？」

假馬福生並不回答，用一種怪怪的眼光望著苗君儒，良久，才說道：「當年他們就是從這裏起步的。」

苗君儒道：「找到古廟，接下來就是要過十八天梯了，你認為我們能夠過得去嗎？那可是鬼門關。」

「盜墓天書在你的手上，過不過得去，就看你的了。」假馬福生說完後走開了。

苗君儒站在旁邊，看著那些士兵用工兵鏟在挖。那地方和岩石一樣硬，一鏟下去，只落下指甲蓋大的石片下來。用鋼釺連捅幾下，上面只留下幾個白印。

他撿起一塊落下的石片，認出這是古代墓葬用的封土手法，就是用熬成的糯米粥，拌上石灰和泥土。這種封泥一旦乾了之後，比岩石還硬，而且雨水不透，具有很好的防潮效果。但是這種方法只在漢族人的古代墓葬中才會出現，羌族人怎麼知道用的呢？

苗君儒用手拍了一下額頭，他怎麼忘了在幾十年前，有十二個人進去過。可能是他們退出後，擔心後人前來尋找，才用這些封泥將洞口封住。

據馬大元在盜墓天書後面的記載，並沒有寫出後來封泥一事，他們進去是十二個人，回來才兩個人，而且有一個已經雙眼失明，在那種情況下，他們應該是儘快離開，而不可能留下來將洞口封上泥。要知道，使用這種方法的時候，既費力也費時，在糯米熬製的過程中，要不斷攪動，加上石灰和泥土後，必須一次性在最短的時間內將洞口封住，否則糯米粥乾硬，就沒有辦法用了。絕對不能夠分兩次，那樣的話，前次封泥與後次封泥會有無法黏合的裂縫，久而久之，封泥會自動裂開。

封泥既然不是馬大元封上的，那會是什麼人呢？

莫非有人在他們十二個人進去之後，在外面用這種方法將洞口封上？那些人又是什麼人，為什麼要那麼做？

對付這樣的封泥，苗君儒有的是經驗，他制止住了那些胡亂敲打的士兵，說道：「你們去找東西，到水潭中取些水來。」

水很快取來了，苗君儒拿出一點硫磺，慢慢丟到水裏，只見水面上升起一些泡沫，空氣中頓時瀰漫著一股很難聞的氣味。

硫磺遇水後產生化學反應，在這高海拔地區，極易生成硫酸。

「用工具將這種水潑在上面，記著千萬不要碰在人的身上，」苗君儒說道。封泥是鹼性的，用這種酸性極強的水潑上去後，酸鹹融合，封泥也就失去了其堅硬的特性，被這種酸性極強的水所分解。

果然，這種水潑上去後，再用工具一撬，泥土大塊大塊的落下來。

天色漸漸暗下來，士兵們已經升起了篝火。遠處的雪峰也只剩下一個個白白的影子，如果月亮升起的話，在雪的映照下，夜晚倒是不黑。

程雪天站在儀器的旁邊，仔細聽著儀器裏面的聲音。這種儀器是剛發明沒多久的，利用聲波的返回聲音，來確定收到的資訊。

蘇成的手上拿著幾株採來的植物，來到程雪天的身邊，聽到儀器裏發出「吱吱」的聲音，說道：「要是能夠加上一個像電影一樣的東西，讓人看到岩石後面的狀況，那該有多好。」

陳先生站在石台上，看著那些士兵刨掉洞口的封泥。

一個士兵舉著工兵鏟，用力一鏟，鏟頭突然往裏陷了進去，露出一個窄窄的洞口來，他高興得大叫：「挖通了，挖通了！」

一股黑霧從洞內噴出來，當頭罩向剛才還在叫著的那士兵，那士兵丟掉手中的工兵鏟，雙手捂著脖子，倒在地上抽搐了幾下後死去。其餘士兵見狀，嚇得直往後退。

死去的那士兵面色青紫，七竅流血，顯是中了劇毒所致。劇毒性的氣體，這在墓穴中並不少見，但是墓穴必須在不透風的情況下，且必須幾百乃至上千年的歷史，才會產生這樣的毒霧。而眼前的這洞口，在幾十年前就有人進去過。幾十年的時間，就能夠產生這樣劇毒的氣體，確實令人匪夷所思。苗君儒望向洞口，見黑霧不斷從裏面湧出，只是顏色淡了許多，還好外面的山風很大，很快就吹散了。

「繼續挖，把洞口加大！」苗君儒大聲叫：「不要碰到那些黑霧。」必須把洞口加大，讓黑霧儘快流出來。苗君儒以前考古，採用挖洞的方式進入墓穴時，都會在挖通後，讓裏面有毒的氣體散發完，才能夠進入。

那些士兵面露懼色，不敢上前。

苗君儒也不敢輕易上前，找了一根長繩子，牢牢綁住一把鎬頭。有幾個膽大的士兵，在方剛的帶動下，照著苗君儒使用的方法綁好了幾把鎬頭，接著用毛巾沾了水，捂著鼻子，一邊用那種酸性水往前潑，一邊將鎬頭扔向那個洞口。

終於，有一把鎬頭扔進了那個洞口，眾人扯住了繩子，用力一拉，「嘩啦」一下，塌下一大片泥土，洞口登時大了許多，完全可以容一個人進入。

大家還沒來得及喘一口氣，只聽得「轟」的一聲，洞口的封泥被一股強大的力量從裏面推倒，整個向前倒塌下來，隨之而來的，洞口出現一個黑呼呼的巨大黑影。那黑影的速度極快，眾人還沒有反應過來，離洞口最近的一個士兵已經沒有了蹤跡。

苗君儒站在離洞口幾十米的地方，已經聞到了從裏面冒出來的那股極臭的腥氣。

第七章

古廟絕殺

他聽到一陣很粗重的喘息聲，
手電筒的亮光在一尊缺頭斷胳膊的石像前停住，
他看到那兩顆銅鈴大的蛇眼，
在黑暗中像兩個發出冷光的小燈籠。
這種時候千萬不能轉身逃跑，否則蟒蛇會追上來。
人逃跑的速度再快，也沒有蛇的行動快。

苗君儒和那些士兵往後逃了一陣，回身看清那黑影，在洞口上下晃動，竟然是一個黑色的蛇頭，兩條人腿在巨蛇的蛇口一閃即沒，蛇頭以下部位，一處凸起正緩緩向下移動。剛才的動作，是蛇在吞咽那士兵。

這是一條黑色的巨蟒，身子足有水桶粗。苗君儒以前在雲南和貴州的叢林裏考古時，也見到不少蟒蛇，但都不大，有碗口粗細就已經相當粗了，像這麼粗的蟒蛇，他還是頭一次見到。

那巨蟒吞下士兵後，蟒頭抵在洞口的頂部，兩個銅鈴大的蛇眼，在黑暗中發出攝人的寒光，興許是畏懼眾人手中的火把，並沒有向前追趕。

這種生活在密封地方的動物，都有著不同的毒性，從洞裏噴出來的毒霧，也許就是這蟒蛇口中噴出的。所有的動物都畏光，尤其是長期生活在黑暗中的動物。

逃回來的那些士兵不虧訓練有素，很快便反應過來，紛紛舉槍朝巨蟒射擊。巨蟒挨了幾顆槍子，瞬間縮入了洞內。

若將巨蟒當場打死，也就沒有什麼大事，可是巨蟒僅僅是受了一點傷，受傷的巨蟒在黑暗中更具有強大的攻擊性。

苗君儒見蘇成正向陳先生說著什麼，陳先生的眉頭越來越緊鎖。他走上去，見陳先生問他，「你有什麼辦法對付這條蛇嗎？」

「我們該用什麼方法避開巨蟒進去？」蘇成也問。

原來是為了這點事情，苗君儒說道：「你是生物學家，你應該有辦法。」

蘇成說道：「辦法倒是有，可是陳先生說要活的，這條巨蟒要是拿出去，會引起轟動的。」

苗君儒說道：「這很簡單，多派幾個人進去，等牠吃飽了，走不動了，就可以活捉了，可是你怎麼運出去？」

派人進去給蛇吃，誰會幹？

陳先生想了一下，說道：「算了，死就死的吧，不過要一張完整的蛇皮。」

蘇成望著苗君儒，說道：「我想派人用硫磺粉撒在火把上，丟進去熏牠，蛇最怕硫磺味。」

「在洞口燃起幾堆火，以防止巨蟒突然衝出來，」苗君儒補充道。對付爬蟲類，硫磺確實是最好的東西。

洞口很快燃起了幾堆火，不少士兵將硫磺用布層層包起，澆上點汽油後點燃，用力扔進洞內，從洞裏冒出滾滾黃色的濃煙，刺鼻的硫磺味在空氣中蔓延開來。在洞口的外面，站了一長溜持槍的士兵，一旦蟒蛇從裏面出來，立刻開槍射殺。

兩班士兵輪流著朝裏面扔火把，到半夜時分，裏面仍無動靜。苗君儒估計就是要進洞的話，也要等到第二天了，他回到自己的帳篷前，見那個假馬福生站在那裏，好像在等他。

「我已經看到恐怖了。」苗君儒回答上次對方的話，他接著道：「你的人是不是已經跟來了？」

「你知道那條蟒蛇叫什麼嗎？」假馬福生問。

苗君儒愣了一下，想不到對方竟問這樣的問題，他想了想，答道：「廟裏面的蛇，通常情況下被稱為護寺神龍，根據各地方習俗的不同，有很多種叫法。但是在兩千多年前，羌族人對蛇的稱呼仍是蛇，那時的人，敬仰的是猛獸，而不是蛇類。」

「你說得不錯，但是這個廟裏的護寺神龍不是一條，而是兩條。」假馬福生說道。

「你怎麼知道？」苗君儒問。

「這個不用你管，」假馬福生說道：「先抓雌雄兩條蛇進去，擺上祭品祭祀完後，再將一些牛羊等活物丟進去，將洞口封住，那兩條蛇就靠那些活物生存下去，多年之後長大，任何人都無法入內。」

「你為什麼要告訴我？」苗君儒問。

「怕你明天進去的時候，像那個士兵一樣變成牠們的腹中之食。」假馬福生說道。

「我就是死了，關你什麼事情？」苗君儒冷笑著說。

「如果你死了，也許沒有第二個人看懂那本書上的隱語，我們就找不到那果王的陵墓了，」假馬福生說道。

「我知道你從那本書上撕下了兩頁最關鍵的記載，」苗君儒說道：「你們以前就來過這裏，可是沒有辦法進去，對不對？」

「你是怎麼知道的？」假馬福生問。

「還記得那些使人昏迷的花嗎？你是第一個拿出萬金油抹在鼻子下的，如果你沒有來過那裏的話，怎麼知道那麼做？」苗君儒接著說道，「我很想知道一個問題，不知道你願意回答我嗎？」

「說吧！」假馬福生說：「有的事情真的瞞不過你。」

「當年那十二個人裏面，誰是你的祖上？」苗君儒問。

「這個問題我現在不想回答，到時候你自然會知道的，」假馬福生說完後，走到一旁去了。

苗君儒望著對方的背影，覺得對方越來越可怕，每一次談話都那麼的深不可測。對方那瘦小的身子裏面，到底還有多少不為人知的秘密？

如果對方說的是真的，當初丟進去的是雌雄兩條蛇，那麼現在早已經不只兩條，而是很多條了。蛇類的繁衍速度也是驚人的，也許這裏已經不再是廟，而是一個毒蛇的蛇窟。

進了帳篷，苗君儒點上馬燈，看了一會兒。在馬大元的記載中，對廟宇並沒有過多的描述。躺下後，他仍在思索。

第二天天還沒有亮，苗君儒就被槍聲驚醒，他一骨碌爬起來，朝洞口的方向望去，見那裏的士兵正朝懸崖上開槍。由於找不到目標，槍聲顯得很凌亂。

陳先生也出了帳篷，站在那裏朝前望，大聲問：「發生了什麼事？」

方剛跑過來道：「我們的人遭到不明襲擊，死了好些人！」

苗君儒與陳先生一同朝洞口方向望去，只見那邊有不少士兵正朝這邊跑過來。

「大家鎮靜，鎮靜，不要亂！」方剛大聲道。

「我去看看發生了什麼事情，」阿強說著往前走，行不了幾步，「嗖」的一聲，在他們面前的地上，深深插進了一支紅色箭桿的羽箭。那箭入土後，只半截露在上面，箭尾兀自顫動不已，氣勢逼人。

「快退回去！」方剛護著他們兩個人，跟著那些士兵朝後退。

來到了安全地段，方剛說道：「那些箭是從懸崖上射下來的，有劇毒，見血封喉！還好射不到我們宿營的地方，否則死的人更多！」

眾人朝懸崖上望去，見隱約之間有人影晃動，看得不真切。

這些士兵所用的武器大多是美製M1A1卡賓槍和湯姆森衝鋒槍，火力很猛但是射程並不遠，這崖頂距離地面足有四五百米，已經超出了這些槍的有效射程。

不時傳來士兵的慘叫聲，聽得人心寒。

在方剛的指揮下，所有活著的士兵全都退出了紅色羽箭能夠射到的地方，有些士兵搶出了幾具屍體。其中一個士兵對著一具屍體哭道：「他剛才還活著的呢！要我救救他，可是現在……」

那具屍體只被一支紅色羽箭射中了右臂，就是在戰場上中槍的話，像這種情況，也不可能導致死亡。

一支支帶著死亡色彩的羽箭不斷從空中落下，手持現代兵器的士兵，在有史以來的冷兵器面前，顯得那麼的無助與恐懼。

「那幾門迫擊炮呢？」陳先生也看得十分惱火，大聲問方剛。

「太重，帶不動，就留在下面了！」方剛回答。

陳先生望著懸崖上，他毫無辦法。

天色漸漸明亮起來，紅色羽箭也不再從空中落下。眾人還是呆呆地站著，沒有人上前去。從洞口到大家站立的地方，橫七豎八地倒著那些中箭的士兵屍體，不下二十具。

洞口的那幾堆火，已經熄滅了，但是洞裏面仍有黃色的煙霧冒出。

苗君儒看到那個假馬福生站在人群中，不安地朝懸崖頂上望。也許崖頂上那些人的出現，並不在他的意料之中。

天色大亮，懸崖頂上再無人影。方剛帶著幾個士兵，試探性的往前走，他們一直來到洞口的不遠處，都沒有發生意外。他們迅速點燃那幾堆火，退到一旁。

苗君儒望著高高的懸崖頂部，想到了盜墓天書中的圖案，難道要從懸崖上爬上去？既然這樣的話，那些人還要到廟裏去做什麼呢？

方剛回到陳先生的面前，問：「怎麼辦？」

「還能怎麼辦？」陳先生望著那黑呼呼的洞口，「找人進去！」

話雖這麼說，可是眼下誰敢進去，那不明擺著進去送死嗎？

苗君儒望著那洞口，像一張巨人張開的大嘴，隨時將人吞噬。他說道：「我進去！」

「你不能……」那個假馬福生叫道。

「難道你不想去走你祖上走過的路嗎？」苗君儒道：「一個晚上的熏燒，說不定那條蟒蛇已經被熏死了。」

了。

「我和你一起去，」蘇成也說道。他從士兵的屍體上抽出箭，拿到一邊去

「也算上我一個，我這把老骨頭，隨便丟在哪裏都可以。」那個假馬福生說完後，眼睛依然望向崖頂。

陳先生問阿強：「我們帶了幾個防毒面具來？」

阿強回答：「應該有十幾個吧！」

「全部拿來，給我留一個，其餘的全部分下去，」陳先生道。

阿強勸道：「裏面危險，那條蟒蛇……」

陳先生打斷了阿強的話，指著旁邊的幾個黑衣人大聲道：「你們也跟我一起進去！」

當這些人分頭準備的時候，懸崖頂上的樹叢中，一雙眼睛正緊緊地盯著下面。

幾個士兵在樹叢間發現了一具屍體，是一個皮膚黝黑、身體健壯、有很長的體毛、腰部以下用獸皮圍著，胸部晃著兩個大乳房的女人，屍體全身上下並

無槍傷，一定是被槍聲驚到後，失足從崖上掉下來摔死的。

苗君儒看到那屍體，想到幾年前和嚮導一起被這種裝束的女人擄走的情景，可是那地方離這裏有好幾百里路，那些人會怎麼來到這裏呢？而且他見過那些人使用的弓箭，非常簡易的那種。箭桿是青灰色的，並非紅色，除非這幫女人是另外一支！

時值嚴寒的冬季，溫度都在零下十度，他們穿著棉衣還覺得冷，可是這個女人，幾乎裸露著身體，難道就不冷嗎？

他檢查了一下這具屍體，見屍體的皮膚很粗糙，而且脂肪層很厚，額頭寬大，鼻子大而扁平，眼眶內陷，下頜向前凸出，黃黑色的牙齒各個都很大，朝外豁出。

「這是典型的野人特徵。」蘇成蹲在旁邊說，「難道我們發現了一個介於野人與文明人之間的新人類物種？」

「可以這麼說，」苗君儒起身說。在他對古代羌族人的研究中，古代羌族人的長相特徵也是與這具屍體相似的，只是在文明的程度上，更進了一層。研究這個新人類物種，倒是一個很好的課題，可是現在，他的重點在那果王朝的研究上。這個新人類物種，應該與那果王朝有著莫大的關係，否則的話，為什麼要阻擋他們尋找那果王陵墓的道路？

「我研究過箭上的毒性，」蘇成說道：「是一種植物性毒素，一旦接觸到血液內的血紅蛋白，可迅速將血紅蛋白分解，並使全身血液在幾分鐘內凝固。是一種很可怕的毒素。」

「再可怕的東西，無非就是將人殺死，」苗君儒說道：「我來之前，有一個朋友替我算了一卦，是大凶之兆，可是我現在還活著。」

「你的那個朋友在哪裏，能不能替我也算一下？」蘇成笑道；「我看過不少玄學的書籍，很有意思的。」

「命運掌握在自己的手上，」苗君儒說道：「越是怕死的人，死的人往往就是他。」

他在棉衣的外面，套上一層厚厚的防護服，提著工具袋來到洞口，方剛遞來一把裝滿子彈的湯姆森衝鋒槍，被他推開。在洞裏，是蛇的世界，要是洞裏那條受傷大蟒蛇向他攻擊的話，湯姆森衝鋒槍也起不到多大的作用。

他將工具袋背在背上，戴上防毒面具，吩咐別人在他的身上撒上一些硫磺粉。一手拿著大火把，另一手拿著大號電筒，在黑暗中，電筒的可視距離要比火把的範圍大得多，但是燃燒的火把有很大的震懾效果。

在他的旁邊，站著穿戴好了的蘇成與那個假馬福生，蘇成的手上，拿了一把輕便的卡賓槍。

他們的身後跟著幾個士兵，其中一個身上背著兩個罐子，手上拿著一根長長的鐵管子，並不是槍。陳先生與程雪天等一行人跟在最後，每個人除了一支大火把外，還有一把壓滿子彈的湯姆森衝鋒槍。

方剛帶著人暫時守在外面，每過五分鐘就派兩個人進去，以保持和裏面的聯繫。

進到洞內，苗君儒見地面很平坦，低頭一看，是一塊塊青色石板鋪成的，他用手電筒朝前面照了一下，裏面很黑，並沒有盡頭，好像空間還很大，有涼風從裏面吹出來，有風的地方就不可能是密封的，空氣很濕潤，還有一股很重的硫磺味。他朝上照了一下，頂部並不高，離地大約兩三丈，有很多鐘乳石倒掛下來，這是一個天然的溶洞。他想到了那條受傷的大蟒蛇，說不定正躲在一處角落裏看著他們，準備隨時發出攻擊。

他們三個人一步步朝裏面移動，緊張得可以聽得到自己的心跳。洞內每隔一段路，便有一兩根圓形的石柱，石柱上雕刻著奇形怪狀的圖騰。這些圖騰，都跟兩年前羌族流傳下來的圖騰有相似之處。究竟是不是那果王朝的產物，目前還無法證實。

「你們怕嗎？」苗君儒問身邊的兩個人。

「不怕才怪，你不怕嗎？」蘇成反問，他接著說，「我四年前隨美國的生物考察隊，深入到有食人族出沒和充滿殺機的雨林中考察，都沒有這麼害怕過。」

苗君儒也怕，但是那種來自心底的恐懼，被他那極於探究真相的心理所壓制，想到盜墓天書中的描述，更驚險恐怖的事情還在後面，當下這點恐懼，倒不覺得什麼了。

他將火把舉過頭頂，用手電筒在前面不停的晃動，那樣可以擾亂蟒蛇的視覺。往內行了一百多米，他感覺到內衣已經被汗水濕透了。兩邊的地上有很多斷裂的石像，他暫時沒有辦法研究這些石像的年代。與石像混雜在一起的，是一根根的骨頭，沒有幾根是完整的，全都支離破碎，在一堆骨頭的中間，赫然見到一顆人的頭蓋骨。往前走了一段路，他聽到一陣很粗重的喘息聲，手電筒的亮光在一尊缺頭斷胳膊的石像前停住，他看到那兩顆銅鈴大的蛇眼，在黑暗中像兩個發出冷光的小燈籠。這種時候千萬不能轉身逃跑，否則蟒蛇會追上來。人逃跑的速度再快，也沒有蛇的行動快。

那條大蟒蛇將身子纏在石像上，頭部受了傷，有液體一滴滴的流下來，滴在石像上。

跟在後面的人也看到了那條蛇，那個背著兩個罐子的士兵向前兩步，手中的鐵管子朝著石像噴出一道炙烈的火焰，那火焰噴到石像上後，「滋滋」地燃燒起來。

這是噴火兵，手中的噴火器噴出的烈焰，能產生兩千度的高溫。

眾人只覺得眼前一花，一條火龍從石像上衝起，向右前方迅速行去，石像隨即倒地，朝旁邊咕嚕嚕地滾了出去。片刻後，眾人聽到「撲通」一聲，那條火龍頓時不見了。

苗君儒望著那尊足有兩噸重的石像，就這麼被大蟒蛇輕易甩開，實在不敢想像，若是蟒蛇不是往後跑，而是朝他們衝過來，不知道會有什麼後果。他轉向蟒蛇消逝的方向，彷彿聽到了水流的聲音。

洞裏的暗河一定是流向那個水潭的，其源頭在大山的深處。

到目前為止，他們只見到一條蟒蛇，其餘的呢？苗君儒望了一下身後的那個假馬福生，由於戴著面罩，看不清對方臉上的神色。

這防毒面罩戴在頭上，又笨又重，令人感到壓抑和呼吸極不舒服。有水的溶洞內，空氣應該是無毒的，苗君儒本想取下面罩，可一想到蟒蛇噴出的黑色毒霧，覺得還是戴著的好。

後面的士兵每隔二十米左右，就燃起一堆火，並往火上撒上硫磺粉。

苗君儒手電筒的光芒閃過一處帶有無數亮點的地方，那是個圓形的水潭，水潭裏有很多東西密密麻麻地蠕動著。

「蛇！」蘇成驚叫起來，聲音顫抖著。

眾人循聲望去，見水潭裏蠕動著的，是一條條大小不一的蛇，有的茶杯粗細，有的大碗粗細，相互纏繞在一起。那點點亮光，是蛇的眼睛。

這時，從洞外傳來激烈的槍聲。

「不要管外面，給我燒，」陳先生的聲音也顯得尖利和顫抖。

一道烈焰噴向水潭，整個水潭瞬間變成了火海，那些蛇在火中扭曲著，發出一種怪異的叫聲。

苗君儒覺得腳下的地面顫動起來，手電筒的光線照在水潭上方那個巨大的蛇頭上。那蛇口一張，一陣黑霧朝眾人撲面而來。

儘管戴著面罩，苗君儒仍感受到那刺鼻的腥臭味，喉嚨頓時火辣辣的，一口濃痰堵在嗓子眼，呼吸隨之一窒，整個人險些昏厥過去。

那噴火兵對準大蟒蛇噴出烈焰，可是那大蟒蛇的身體向後一縮，烈焰落了空，噴到水潭邊的一根石柱上。

苗君儒將手電筒朝那邊照了一下，見那蟒蛇又慢慢朝前移了過來。顯是這傢伙對噴火槍也十分忌憚，不敢過於露頭，牠在尋找最佳的攻擊方式。

那噴火兵又往前噴了幾次，但是每次都燒不著那巨蟒。人和蟒就這樣暫時僵持著。

那噴火兵往水潭中連噴好幾次，水潭裏的火勢更大了，眾人也都聞到一股濃烈的焦臭味。

不等那噴火兵再噴出烈焰，眾人只覺得眼前一黑，勁風撲面，隨即聽到一聲慘叫，那個噴火兵已經不見了蹤影。

其餘的人大驚，紛紛勾動扳機，子彈如雨，在黑暗中劃出一條條暗紅色的光線，織成一張死亡的光網。

苗君儒隱約見到那噴火兵被大蟒蛇捲著，心知不妙，忙向地下一趴。槍聲中發出一聲震天劇響，一團烈焰凌空炸開，將整個洞內照得亮如白晝。帶著烈焰的燃燒物質四下飛散，落到地上後依然在燒，洞內如同被人一下子點了幾十處大大小小的火堆。

爆炸引起的衝擊波，將水潭邊的幾根大石柱沖倒，大石柱轟然倒地後斷為幾截，帶起了連動反應。眾人的頭頂上開始不斷往下落土塊和岩石，好像整個廟宇要倒塌。有兩個士兵轉身就跑，剛跑出幾步，就被一大塊岩石砸中，頓時成了肉餅。

伏在地上的苗君儒，看到前方的洞壁上，有很多人形的雕像，正中的是一巨大的獸首人身的雕像，而那邊，幾根粗大的石柱穩穩地撐著。

他起了身，向那邊跑去，其餘的人也跟在他的身後，朝那邊跑過去。

就在苗君儒他們與大蟒蛇對峙的時候，洞外面的方連長他們也不好過。

不知道什麼時候，一撥蒙著面的人，從他們經過的那條路偷偷摸了上來，並佔據了有利地形。雙方一交火，方連長發現那些人的戰鬥力並不弱，只是在武器上沒有辦法跟他們比。

仗著火力的兇猛，方連長想把這些人殲滅在山坡上，但是懸崖的頂上，一支支紅色箭桿的羽箭再次飛了下來。隊伍頓時亂了套，許多士兵逃出藏身的地方想躲避羽箭，不料卻成為那些人的活靶子。

「進洞去，快點！」方連長大聲叫。

當前的情況，進洞是唯一躲避前後夾擊的最好方法。士兵們蜂擁著逃入洞內，方連長在洞口一左一右放了兩挺機關槍，如果那些人想衝進來，可沒有那麼容易。

站在洞口，他看到那些人並沒有衝過來，而是停留在原地，似乎在等什麼。

苗君儒逃到獸首人身的雕像面前，回頭見身邊並沒有幾個人。不遠處的土塊和石頭還在往下掉。他用電筒照了一下頭頂，見頂部都是平的，不像剛進來的地方，頂部還是溶洞的岩石結構。一定是古人在這溶洞中建了一座廟宇，廟宇用石柱撐著，頂部用石塊和泥土封嚴。

在奔跑的過程中，好幾個人都將火把給扔了。

苗君儒望著這獸首人身的雕像，頭部長出兩隻彎彎的角，但卻是老虎一樣的面孔，右手向上，手心托著一個圓球，象徵太陽。左手持矛，象徵戰鬥不息。

這就是那果王朝特有的「尼瑪尊神」，「尼瑪」是古羌語，專指太陽，所謂「尼瑪人」是指趕太陽的人，是古代羌族人中的勇者。在傳說中，那果王是一個牛頭虎面人身的魔王，他將自己的形象雕成石像，譽為「尼瑪尊神」，意思是和太陽一樣偉大的勇者，建了很多供奉石像的廟宇，接受羌族人的膜拜。

在古代羌族人的崇拜中，把日、月、星辰視為天上的神，把龍、蟒視為半空的神，把犛牛、老虎、熊、野豬視為地上的神，即所謂「三界之神」。「尼瑪尊神」手握太陽，在一定程度上，那果王已經把自己比喻成神了。

由於那果王的暴戾，羌族人對其非常憎恨，那果王朝消失後，流傳下來的民間傳說中，很多都將那果王稱為魔王。那些供奉「尼瑪尊神」的廟宇，也被人遺棄，「尼瑪尊神」被人從廟宇裏拖出來砸成碎片。隨著歲月的長遠，歷史的長河就這樣無情地將那果王朝埋沒了。

「尼瑪尊神」旁邊的石窟中，是一尊尊神色和造型各異的神像，這些石窟內的雕像，無疑為那果王朝的存在，提供了詳實有力的證據。洞壁上，刻著各種體現當時社會勞作情景與戰鬥的圖案，邊上還有許多與東巴文相似的象形文字。饒是苗君儒學識淵博，也不盡看得懂。依稀辨認出了關於那果王的，大致的意思是描述那果王的戰績，有一句還提到了遠征和萬璃靈玉，真正的意思一下子也無法理解。在古代的羌族，是很少用文字來記載事件的，這也是直接導致那果王朝與歷史脫軌的真正原因。

石窟的規模雖然比不上山西的雲岡石窟，但是其研究與藝術價值，並不與之遜色。

找到了馬大元在盜墓天書中記載的魔王像了，苗君儒拿出盜墓天書，翻到那一頁，認真看了一下那幾句詩。他可不像那些人那樣，對這尊毫無生命的雕像三跪九叩。

秘密一定在雕像前面的青石板上。

他來到雕像前，兩千多年的歲月侵蝕，並沒有在雕像上留下太多的痕跡。雕像顯得很健壯，遒勁的肌肉高高隆起，一雙虎目雄視著前方，一副神聖不可侵犯的威猛樣子。

他低下身子，仔細檢查雕像前面的青石板。

「你在找什麼？」陳先生有些緊張地問，似乎還沒有從剛才的狀態中恢復過來。

其他的幾個人在看著牆上的壁畫和石窟內的雕像，不時發出驚歎聲，他們好像忘記了剛才的危險。

「秘密！」苗君儒回答說。他看著腳邊一塊塊相拼成的石板，石板與石板之間的縫隙，根本插不進一把薄薄的刀片。

從雕像前的第一塊石板開始，他用小錘子在石板上逐塊輕輕敲擊著，當敲到第八和第九塊的時候，他聽到下面傳來空洞的「咚咚」聲，同時，他也聽到了一種很粗重的喘息。

其他的人也聽到了這種恐怖的聲音，一個個轉過身子，望著發出喘息聲的地方，竟就是在苗君儒面前的雕像上。

臉盆般大小的蛇頭，離苗君儒與陳先生不到十步遠，兩人已經明顯聞到了從蛇口噴出來的腥臭氣。

「不要跑，千萬不要驚動牠，牠不敢輕易向我們進攻，是因為我們身上有硫磺味，」苗君儒低聲道，他用手電筒在蛇眼的上方不住的晃動。這條蟒蛇並不是受傷逃走的那一條，也就是說，像這麼粗的蟒蛇，除去被炸死的那條外，這是第三條。假馬福生不是說當年只放進來兩條的嗎？怎麼會有第三條的？

站在不遠處的兩個士兵急忙勾動扳機，可是槍膛裏傳來空空的滴答聲。剛才那一陣子，他們已經將所有的子彈打光了。

阿強要衝上前，被苗君儒用手勢制止，這個時候如果沒有武器的話，衝過來等於白白送死。

陳先生手中的火把不合時宜地暗下來，原來進來了這麼久，上面的油料已經燒完了。苗君儒望著那斗大的蛇頭慢慢朝他們倆移了過來，張開了血盆大口……

卻說守在洞口的方剛，聽到從裏面傳出的爆炸聲，而整個洞內也隨之亮，心知不妙，正要帶人進去，卻見不少士兵從裏面跑出來。

他抓住一個士兵，大聲問：「裏面發生了什麼事？」

那士兵上氣不接下氣地說道：「很多……蛇……噴火器爆炸……死了一條大的……洞要塌了……」

方剛朝前面望去，果見前面不斷有掉下來的泥土和石塊砸中逃跑中的士兵，洞口的這些士兵也害怕起來，正要叫喊著往外衝，被他大聲喝住。

他已經看出來了，那些掉泥土和石塊的地方，並沒有石柱撐著，而這邊有幾根巨大的石柱，並沒有掉泥土和石塊。如果就這麼亂轟轟的逃出去，會全部死在外面那些人的槍下。

「陳先生他們呢？」方剛大聲問逐漸安靜下來的人。

有人答道：「我看到他們朝另一邊逃去了。」

「如果他有什麼意外的話，我和你們沒有一個人能夠活！」方剛露出兇悍的軍人本色來，大聲道：「我當年帶了一個班的弟兄，面對幾百個小日本，眉頭都沒有皺一下，這點事怕什麼，不就是幾條蛇嗎？能夠厲害過我手上的槍，你們幾個跟我來，其餘的在這裏守著！」

他當場點了幾個從裏面逃出來的士兵，跟著他進去，並吩咐兩個排長負責帶隊在口子上守著。他領著那幾個人，看了一下泥土和石塊掉下來的地方，選擇沿著幾根石柱石壁的往裏走。他們一手拿著火把，一手緊握著槍把，手指搭在扳機上，一旦發現異常情況，立即開槍。

洞內倒並不暗，不少地方都有星星點點的火光，那是爆炸後飛濺出去的凝固汽油還在燃燒。借著火光，他看到石壁上又有不少雕刻出來的石像和亂七八糟的圖案，他看不懂，也懶得去看，他關心的是陳先生的安危。離開重慶時，警備司令林紹繼語重心長地對他說過：別看我林紹繼在別人面前威風八面，可一但陳先生有什麼差池的話，我全家人的性命可就全玩完了。

從那一句話裏，方剛已經明白了陳先生的來頭。他是一個參加了八年抗戰的老兵，戰鬥經驗豐富而且身手不錯，林紹繼才選中了他來擔當這個重任，所選的那一個連的士兵，都是從幾萬人的警備部隊中精挑細選出來的，個個都是一流的好手。

沿著石壁走了一段路，他看到前面幾個晃動的火把，走近了些，看清了前面的情況，那蛇正慢慢張開血盆大口，朝站立的陳先生直撲過來。他來不及多想，槍口瞄準蛇頭，射出了一串憤怒的子彈，他身後的幾個士兵也開火了。

蹲在地上的苗君儒正為手電筒的光線無法阻止蟒蛇的行動而著急，眼看著那蛇張開血盆大口，情急之下，騰起身子抱著陳先生往旁邊一滾，與此同時，他聽到了一陣槍響。

阿強與幾個士兵在槍彈的掩護下衝上前，將苗君儒和陳先生拖到石壁邊。打完一梭子後，方剛迅速換上一個彈匣，繼續狂掃。

受傷的巨蟒在石像的背後掙扎著，石像搖晃起來，往前一傾，「轟」的一下，砸在苗君儒剛才看過的地方，將石板砸碎，露出了一個大洞來。

苗君儒剛起身，一道黑影貼著地面而至，隨即腳肚一陣劇痛，和其他幾個人一樣，被一股強大的力量打翻在地，跌個四腳朝天。手電筒落在地上，頓時黑了，還好其他地方有光線，能夠看得清面前的東西。他還未起身，旁邊傳來一聲慘叫，見一個士兵被那條蟒蛇捲起，瞬間便撕斷成了兩截，碎裂的屍體拋在一旁。

方剛的反應很快，從地上滾到一根石柱下翻身而起，換上彈匣後繼續對著蛇頭掃射。

陳先生被兩個黑衣人護著向洞外逃去，阿強持著那沒有了子彈的槍負責殿後，不料那蟒蛇拐了一個彎，擋住前面三個人的去路。

那兩個黑衣人見狀，嚇得連舉槍的反應都沒有了，其中一個轉身就跑，「呼」的一下被那蟒蛇咬住。

苗君儒望著蟒蛇吞下了那倒楣的黑衣人，剛才那一陣彈雨對其並未造成太大的傷害，一定是這蟒蛇皮堅肉厚，普通槍彈只能讓其受傷，並不能使牠致命。

他忍著腿肚子的疼痛，站起身來到方剛的面前，說道：「用手榴彈對付牠，必須直接扔到牠的嘴裏！」

方剛拿了一顆瓜式手雷遞給苗君儒，說道：「拔掉插銷，往外丟出去就行了，四秒鐘就爆炸！」

「我們把牠引過來！」苗君儒接過瓜式手雷，大叫著往前跑了幾步，他這一招果然見效，一道黑影向他撲過來，朦朧中，見那蟒蛇張開了巨口。他慌忙拔掉瓜式手雷的插銷，朝蛇口扔了出去，身體往後退了幾大步，接著順勢倒地，往旁邊翻滾了幾下，耳邊剛聽到一聲劇響，忽然身下一空，向下墜去，當下心中大驚，暗道：完了！

第八章

千年石棺內的女屍

苗君儒發現棺蓋的顏色和旁邊那些青色石塊不同，
雖是青色的，但卻顯得更加深邃，
泛著一層陰暗的碧綠，顯得十分詭異。
眼下棺內女人，面色紅潤，表情溫柔，像剛睡著一樣。
身邊的孩子，閉著眼睛睡得正香，嘴巴還含著母親的乳頭。

陳先生看著那蛇頭再次在面前晃悠，閉著眼睛，以為自己必死無疑。時間彷彿過得很慢，一分鐘不到，讓他感覺過了一個世紀，這種等死的滋味確實不好受。聽到一聲爆炸後，他睜開了眼睛，原來自己並沒有死。他看到那失去了頭部的蛇身，在地上扭動了幾下後便不再動彈。

他聞到了一絲尿騷味，扭頭一看旁邊的黑衣人，竟像木雕的一樣，動都不動，估計是嚇呆了。

他用力推了黑衣人一下，大聲道：「媽的，你沒有被嚇死吧？快去通知外面的人，再來些人，多帶些火把來！」

那黑衣人反應過來，急忙朝外面跑去。阿強上前扶著陳先生，回到那幾個人的身邊。

方剛快步來到那個被石像砸出的洞口前，他是看到苗君儒從這裏滾下去的，他望了望，只見裏面黑黑的，什麼也看不見，他大聲問道：「苗教授，你沒事吧？」

下面沒有回音，興許情況不妙。

沒有多久，從外面跑進來十幾個人，為首的是一個排長，十幾個人十幾個火把，騰地把這裏照得透亮，有幾個士兵在旁邊快速升起了兩三堆火。

「苗教授，你怎麼樣了，沒事吧？」方剛站在洞口，對著下面連喊幾聲。

「丟幾個火把下去看看，」蘇成道：「他穿了防護服，應該燒不著他的。」

方剛點燃了幾個火把丟下去，見火把落在下面的地上後接著翻滾落入另外的一個側洞，原來這洞雖然有些深，但是下面的地面卻是傾斜的，還有一層斜著向下的台階，掉在下面的火把都順著台階滾下去了。

「找幾根繩子來，把我吊下去看看！」那個假馬福生站在旁邊說道：「我人小，很輕，萬一有什麼情況的話，你們可以迅速把我拉起來！」

「你就不怕裏面有蛇嗎？」蘇成說道。

「當然怕，」那個假馬福生說道：「當初是苗教授求情救了我一命，現在他掉下去了，我可不能不管！」

「一個人下去怕有什麼危險，」陳先生對方剛道：「你帶兩個人，跟著下去，萬一有什麼事情，也好有個照應。」

幾個人用繩子捆著，慢慢垂了下去。

苗君儒甦醒了過來，手腳動了動，並無大礙，只覺得渾身疼痛無比，還好穿著厚厚的棉衣和防護服，掉下洞後順勢往下滾，才沒有對身體造成太大的傷害。

他回想自己落下洞後的情景，記得落地後還滾下了一段不短的台階，之後就暈了過去。

他抬起頭，看到台階上方有一支仍在燃燒的火把，吃力地起了身，往上爬了幾步抓起那火把，回到剛才躺地的地方後，開始端詳周圍的情況。

這是一處並不大的石室，從位置看來，應該是在地下河的下面，但是奇怪的是，這裏並不潮濕，石板地上積了很多灰塵，不遠處好像還有一口石棺。在他的腳下，有一副被他壓碎的人類骸骨。從骸骨的形狀上看，這個人死前應該是蜷縮著的，好像死得很痛苦。

上面有人下來了，方剛看到台階下面的火光，大聲問道：「苗教授，你沒有事吧？」

「沒事！你們呢？」苗君儒答道，他這把老骨頭被這麼一摔還沒有什麼大事，真的算是奇蹟了。他看到方剛和那個假馬福生從上面走了下來，忙道：「請把我的工具帶下來，你們不要亂動，這裏面的可都是兩千多年前的東西。」

苗君儒小心地來到那口石棺前，見石棺有三米長，兩米寬，周邊修飾得很平整，並無花紋，棺蓋之上，有一具骸骨，從骸骨下部的結構看，是一位女性。他輕輕用手一觸，觸手處的那截骨頭頓時變得像粉末。兩千多年前留下的骸骨，早已經風化了。

在「尼瑪尊神」石像的下面有這樣的石室，並不奇怪，棺蓋之上的那具骸骨，是一個用來祭祀的少女，躺在棺內的，也一定是個了不起的人物，估計是個跟隨那果王東征西戰的大將軍，只有這樣的人物，才有資格葬在這裏。

苗君儒仔細看了一下石棺的周邊，並未見撬動過的痕跡。

從馬大元留下的記載中，當年他們一定進來過，那些盜墓的人，尋求的是墓葬中的財寶，進來後不可能不到處翻找。他見過許多被盜墓人洗劫過的墳墓，裏面凌亂不堪，屍骨散了一地，不可能像這裏一樣這麼整齊。但是盜墓天書中那一句：**人外有人天外天**。指的應該就是這裏，因為石棺內外都有骸骨。

石棺的周圍，還有幾具骸骨，是隨葬的侍從。古代羌族人認為人死之後，靈魂會到天上去，只要帶上心愛的東西和幾個侍從就可以了，不會用大批的活人殉葬。

但是他們認為，引路的天使是美麗的少女，所以他們通常在祭祀的時候，都會用少女來祭祀，祭祀完後，把少女殺死，將少女的鮮血塗在所有的祭祀物上，那樣天神就可以享受了。而擁有權力的人，諸如土王貴族將軍等人，死了之後，都會用一個美麗的少女用來殉葬，但是這種直接把少女放在棺材上的，倒不多見。後來，有人覺得殺死少女實在過於殘忍，便用其他牲畜來代替了。

他看了一下周圍的牆壁，並沒有任何雕刻或者圖案，對石棺內主人的身分，也只有等打開後才能確認了。

在石棺的左上角，他發現了一具奇怪的骸骨，那具骸骨與別的骸骨不同，骨頭呈灰白色，並沒有風化，從骨頭的顏色上看，年代並不久遠，也就是幾十年。在骸骨的右胸部的第四和第五根肋骨之間，有一把匕首，匕首生滿了鏽，銅皮含口，手柄的木製部分也已經腐爛。

匕首是從後面捅入的，直刺心臟，殺人者手法乾淨利索，一刀斃命。

上面下來了幾個人，有人帶下來了苗君儒的工具袋。

苗君儒從工具袋中取出工具，他首先想弄懂這具骸骨的身分。他用刷子掃去骸骨上一層氧化物質，骸骨的下面，還有一層棉質的東西，是死者生前穿的衣服。古代羌族人身上穿的大多是獸皮或者麻衣，只有那些地位高貴的人才能穿得上絲製品。這種棉質的衣料，已經顯示了死者身前的身分。

盜墓天書中，明明寫著只有十二人過十八天梯，在沒有過十八天梯之前，他們到底有多少個人呢？而這個人為什麼會被殺死在這裏，到底是誰殺了他呢？幾十年前，在這斗室之中，到底發生了什麼事情？

在骸骨的旁邊，還有一個皮製的長條型物品，雖然已經腐爛，但是上面的金屬飾品，在掃去灰塵後，依然泛著光澤。苗君儒認出那東西，和本地一些獵人身上的皮製刀鞘極為相似。

難道死在這裏的，是一個當地的嚮導？那些人來到這裏後，以為找到了通往那果王陵墓的道路，於是就殺了他！

那些已經風化的骸骨根本無法碰，一碰就全散了，無法保存下來用於研究。石室之內空蕩蕩的，並沒有可供研究的東西，倒是那石棺，有必要開啟看一下。

他轉身的時候，注意到方剛的頭上，並沒有戴防毒面具。按道理，這石室之中的空氣定然充滿了惰性氣體，且有很大的毒性。如果他不是摔下來，就算要下來的話，也要等幾個小時以後。可是他記得甦醒過來後，並沒有半點呼吸不適之感。

他再一看手中的火把，燃燒得也很旺，說明這石室內有著充足的氧氣。怪事！

他以前進去過很多地下密封的地方，像這種情況，還是第一次遇到。

他慢慢摘下頭上的防毒面具，覺得這裏面並沒有上面的那種腥臭味，隱約有一絲腐爛的氣息。他來到牆壁邊，見整個石室都是由一塊塊兩尺見方的石頭壘成，石頭與石頭之間幾乎沒有縫隙，更沒有可通風的地方。在兩邊牆壁與地面夾角的地方，有一條凹進去的溝痕。在許多墓穴中，都有這樣的溝坑，是排水用的。那些墓穴深埋在地下，不同程度的都會有水滲入，如果沒有排水溝，時間一長，墓穴就會變成一個水窖。

那溝痕一直往前，深入到前面的牆壁下。他走了過去，用手中的火把往前一探，只見火焰閃了幾下，原來通氣的地方就在這裏。

他回到石棺前，再次打量著這口石棺，不知道為什麼，越看越覺得有些怪異。

他曾經帶隊挖開過兩個有著千年之久的羌族土王墓穴，墓穴內也有石棺，但是形狀與這個完全不同。那些石棺擺在主墓室中，上寬下窄，下面有大塊的石板墊底，形成一個石台，石棺的正前方有石案，是用來擺放祭品的，旁邊則堆放著一些死者生前喜歡的金銀器物，還有一些長矛與弓箭，象徵武力。

這口石棺上下方方正正，就像一塊長方型的石板，放在另一塊同樣大小的石頭上，上下渾然成一體。當年的那些盜墓人竟然沒有開啟石棺，令苗君儒有些不解。

每一行都有每一行的禁忌，尤其是具有神秘色彩的盜墓人，更有許多不為外人知曉的禁忌。難道這口石棺內，有盜墓人所禁忌的東西，才使得他們不敢開啟？

一個士兵上前，想去推開棺蓋，用力推了幾下，棺蓋居然紋絲不動。

這棺蓋的厚度有半尺，重量應該有一噸多到兩噸，豈是一個普通人能夠推得動的？

那個士兵用戴著手套的手，一下子將棺蓋上的那具骸骨掃落在地，那具骸骨一落地，立刻變成了一堆灰燼。

「不要！」假馬福生發出一聲驚叫，但是已經遲了。

苗君儒望著假馬福生，不懂對方為什麼會那麼緊張。就算那個士兵不那麼做，他也會將那具骸骨掃落在地，但是動作要文明得多。作為考古人，在對待每一具骸骨的時候，都是小心而又謹慎的，在他們的眼裏，這都是一個個的「人」，只是無情的歲月將「人」變成了骨頭。

他見假馬福生從口袋中拿出一個黑黑的東西來，身體直往後退，已經踏上了台階。

「這上面有字！」那士兵叫道。

苗君儒走近石棺，果見棺蓋上有一些雕刻的字跡，他用刷子輕輕地將上面的灰塵掃去，字跡完全露出來了，邊上的一些符號他看得不太懂，但是其中有一句的意思他看懂了：死亡永遠伴隨著你們。

和他以前見過的那些字的意思一樣。

這是大祭司的詛咒。

這時候，苗君儒猛地發現，這棺蓋的顏色和旁邊那些青色石塊不同，雖是青色的，但卻顯得更加深邃，泛著一層陰暗的碧綠，顯得十分詭異。

他剛才看這石棺的時候，就覺得有些不對勁，以為只是形狀上與別處的不同，沒有想到，真正怪異的，是這石棺的顏色。

他望了一眼身旁的人，見一個個在火把的映耀下，臉上蒙上一種碧綠的色澤，看得人心驚肉跳。其他人也注意到了這怪異的現象，臉上出現驚恐之色。

難道中毒了？可是身上並沒有任何不舒服的感覺。再一看假馬福生，已經逃上了好幾級台階，有兩個士兵也要跑，被方剛喝住：「怕什麼，要是中了什麼邪道詛咒的話，逃出去也是死！」

這話倒是真的，苗君儒心中的恐懼頓時散去，他走上前，仔細看棺蓋。見棺蓋通體碧綠，並不是石質的，而是青玉石。玉石有一定的反光作用，青色的玉石遇光後反射出來的，當然是青色的。也許是由於這塊玉石的顏色太深，反射出來的光線也就成了碧綠色了。

碧綠的色彩在黑暗中火光的映射下，具有一種攝人心魄的心理作用，難怪眾人都被眼前的景象嚇住了。

一個士兵大著膽子上前，把手放在棺蓋上，叫道：「哇，好冰涼！」

「冰涼？」苗君儒脫去手套，手指一觸棺蓋，觸手處確實寒冷刺骨。他心中大驚，莫非這就是傳說中的萬年冰寒玉？

在他收集的那些關於那果王的傳說中，有好幾個傳說提到萬年冰寒玉。關於萬年冰寒玉的來源，有兩種說法，一種是那果王遠征後，從西域帶回來的；另一種則是一個叫拉塔的土王在深山中發現的，隨後將萬年冰寒玉和自己心愛的女兒一起，上貢給了那果王，那果王感其誠，封拉塔土王的女兒為王后。

苗君儒趨向於第一種說法，因為據他所知，雲南這一帶雖然產玉，但都以白色和黃色為主，綠色的翡翠雖然有，可都是小塊的，青色的玉石更是沒有。而西域那邊，由於地質的原因，倒是產青色的玉石。

在史料上，西域產出了不少青玉，被人工雕琢成美妙絕倫的器皿，但絕無這麼大塊的，更別說具有這種冰寒的神奇之處了。入手溫暖的溫玉，苗君儒倒是見過，冰寒的青玉，他只聽聞過。據說乾隆皇帝有一塊冰寒的青玉，被雕琢成玉杯，夏季倒入酒後，一會兒就冰冷澈骨，如同往酒中丟了冰塊，飲此酒後，精神颯爽無比。此玉杯被乾隆皇帝贊為人間至寶，萬分喜愛，後來隨乾隆皇帝入土。不少偷盜裕陵的盜墓人，大多是為了那玉杯去的。軍閥時期，孫殿英下令炸開裕陵，瘋狂洗劫，只聽說拿出了不少珍寶，卻沒有那玉杯的消息。那青玉雕琢成的玉杯，也從此在人間消失了。

苗君儒望著這青玉棺蓋，心道：要是將此物運出去，不知會引起多麼大的轟動。

如此大塊的冰寒青玉，乃當世奇珍。

他用手碰了一下主棺，竟也是觸手冰涼。想不到如此大的一口石棺，全部都是冰寒青玉製作而成。他倒吸一口涼氣，從萬璃靈玉到冰寒青玉，單從這兩件寶物上，便可以看出那果王擁有的那些奇珍異寶的端倪。那果王陵墓中，還不知道有多少令人驚歎的寶物。

陳先生在阿強等人的陪同下，從上面下來了。假馬福生在台階上攔住了他們，說道：「不要下去，有殭屍！」

殭屍這兩個字幾乎嚇住了所有的人，與上面洞中的大蟒蛇相比，殭屍更加讓人感到害怕。在民間傳說中，殭屍吸人血，且不懼刀槍，一般人對殭屍無可奈何，只有會法術的人，才能夠對付。

他望著假馬福生，笑道：「你手上的東西，不就是用來對付殭屍的嗎？」

假馬福生道：「還不知道那裏面的殭屍有多厲害呢，我這東西，保自己還可以！」

陳先生道：「什麼東西？拿來我看看！」

假馬福生把手裏的東西遞給陳先生，陳先生對著火光一看，見是黑呼呼的一坨，上面還有一點毛，也不知道是什麼東西。

假馬福生低聲道：「是黑驢蹄子，祖上傳下來的，專門對付殭屍。」

陳先生一聽這樣，忙將黑驢蹄子緊緊抓在手裏。

苗君儒聽到他們的談話，笑道：「要是真有殭屍跑出來，我看你那黑驢蹄子不一定管用！」

他想到當年那些人，不敢開啟石棺的真正原因，興許也是怕棺中會出來一個他們無法對付的殭屍，雖說盜墓人幹的是死人活，可是他們也怕死，明知道會把命留在這裏的傻事，是沒有人肯幹的。

陳先生走下了幾級台階，見石室內的眾人，一個個臉色碧綠，心中不禁駭然。

苗君儒見陳先生要回到上面去，忙道：「陳先生，這可是千古難尋的冰寒青玉，你不想要嗎？」

「你說什麼，冰寒青玉？」陳先生望著那石棺，露出貪婪的興奮之色：「你說的是真的？」

「不信你自己來摸摸看！」苗君儒道。

陳先生不敢上前，對方剛說道：「你幫我摸摸看，是不是很冰？」剛摸過的那士兵道：「報告長官，我剛才碰過，確實很冷！」

苗君儒見陳先生有些怪怪的看著他們，便道：「我們臉上這層綠色，是這塊冰寒青玉映著火光造成的，看起來好像很恐怖，其實是一種光影作用在作怪。」

「你們怎麼把面具給去掉了？」陳先生問。

「這裏的空氣比上面的要好得多！」方剛說道：「要不你也摘下來試試？」

陳先生搖了搖頭，在這樣的地方，他覺得還是戴著保險。

「多叫幾個下來，」苗君儒說道：「我想開啟這石棺，看看裏面是什麼東西。」

「萬一跳出來一具殭屍怎麼辦？」陳先生說道：「要不我派人用炸藥炸掉，這麼大塊的玉石，我們也沒有辦法搬出去。」

「說不定裏面還有更好的寶物！」苗君儒說道：「炸藥一炸，什麼都毀了！」

「難道你不怕裏面的殭屍？」陳先生問。

苗君儒笑道：「我從事考古研究那麼多年，殭屍見過不少，那都是經過特殊處理過的屍體；民間傳說中會動而且吸人血的殭屍，誰也沒有真正見過。」

「見過的人，也許都被殭屍吃了，」有一個士兵說道。

「那好，就讓我第一個被殭屍吃吧！」苗君儒不想再做這種毫無意義的爭辯，他向方剛要了兩顆手雷，大聲道：「我們先把棺蓋移開一條縫，要是真有殭屍從裏面跳出來，我首先用這兩個東西敬它。」

見苗君儒這樣說，方剛等幾個士兵的膽子大了起來，鼓噪著去推棺蓋，幾個人一齊用力，可是棺蓋動也不動。上面又下來了幾個士兵，與原先的人站成一排使勁推，棺蓋還是沒有反應。

這倒怪了！苗君儒搖手制止了那些士兵們的動作，他彎著腰，沿著整個石棺仔細看了一圈，隱約看到一線棺蓋與主棺之間的縫隙，有縫隙就證明棺蓋與主棺是分開的。難道用力的方向不對，還是石棺內有倒扣的機關？

他站在上首，示意方剛和他一起用雙手往下推，兩人剛一用力，只見棺蓋微微移動了一下。

其他人見狀，神色頓時緊張起來，他們還真害怕從裏面跳出一具殭屍來。

苗君儒把面罩戴上，防止棺內冒出有毒氣體。幾個有面具的人，都把面具戴上了，其他人退到台階上。兩個站在旁邊的士兵，分別拿出手雷，手指勾住拉環，一副隨時要擲出去的樣子。苗君儒與方剛等幾個人站在一起，將手抵在棺蓋上，他說道，「慢慢推，萬一有毒氣噴出來，馬上閃開！」

他擔心的，是棺內屍體腐爛後產生的毒氣，而不是殭屍。但是這種冰寒青玉製作成的石棺，能夠使棺內形成低溫甚至冰凍，說不定躺在裏面的屍體，歷經兩千多年，仍未腐爛。如果是這樣的話，當真有極大的研究價值。

棺蓋緩緩向前移動，大家的心也越懸越緊。陳先生在幾個手下人的保護下，退了上去。

苗君儒的眼睛盯著棺蓋，一旦發現移到位，立刻停止用力。棺蓋一絲一絲的移動著，幾分鐘內，移動了大約六釐米的距離，苗君儒看到出現了一條黑色的縫，忙停住手，跳到一旁。

從縫內冒出一陣陣的白氣，除此之外，並無動靜。

等了好一會兒，那白氣還在往外冒。苗君儒接過一根火把，放到白氣上。像那種墓穴或者岩洞裏的有毒氣體，都含有高濃度的一氧化炭或者硫化氣體，不助燃燒。若火把上的火勢隨之一暗，就說明冒出的白氣有毒，但是眼前的火把依舊燒得很旺，並未有異常。

「來，再往下推一點！」苗君儒招呼那幾個人，幾個用力把棺蓋又往下推了推。這一下，棺蓋滑出去了一大截，幾個人看到棺內籠罩著白色的霧氣。

幾個人又退到一旁，待白色的霧氣散去後，苗君儒隻身舉著火把上前，他望向棺內，大吃一驚。

棺內躺著一個栩栩如生的女人，在女人的身邊，還躺著一個孩子。

多年的考古生涯，苗君儒也見過不少出土的屍體，屍體躺在棺內特定的環境中，能夠保持幾百乃至上千年不腐爛，和剛死的時候差不多，但是表情僵硬，膚色慘白或者蠟黃，周身都是屍斑，怎麼看都是一個死人。

可是眼下棺內的這個女人，面色有些紅潤，表情溫柔，像剛睡著一樣。她身邊的孩子，閉著眼睛睡得正香，嘴巴還含著母親的乳頭。

見沒有異常情況，邊上站著的人逐漸走上前來。

「真的是一具殭屍，不，應該是兩具，跟活著的時候一樣，」苗君儒對方剛說，「母子同棺，這樣的屍體，我還是頭一次見到。」

女屍完全是一副古代羌族人裝扮，奇怪的是竟然裸著上身。古代羌族男性習慣裸露上身，為的是顯示強健的肌肉，但是女性，一般都穿著獸皮和麻布製成的衣服。

女屍的頭髮很長，也很黑，頭上頂著一個鑲有寶石和黃金的牛頭骸骨，牛角上纏著各種飾物，下身穿著細麻布和絲綢混織成的裙子，腰上還有一圈鑲有寶石和黃金的皮製玉帶，腳下蹬著皮製靴子，上面繪著一些美麗的圖案。手上還戴著幾個黃金和玉石製作的手鐲。

這些東西顯示，這是一個生前極有身分和地位的女人。

那孩子側臥著，一隻手上戴著一個鑲有寶石的金手鐲，身上穿的是絲綢衣物，只在腰部以下圍了一塊獸皮的裙子。

除此之外，棺內並無其他的陪葬物品。

「你說什麼？是母子同棺！」那個假馬福生問了一聲，轉身就走，手抓著上面垂下來的繩子，像猴子一樣，幾下就上去了。

有幾個人見狀，也緊跟著手忙腳亂往上爬，陳先生也被人扯了上去。

苗君儒見他們那樣，覺得有些好笑，都是被迷信害的，不就是兩具屍體嗎？用得著害怕成那樣子？他以前也聽說過那樣的故事，說什麼母子同棺的殭屍特別「猛」，生人一旦遇上，絕無活命的機會。

石棺旁邊的幾個人，也只敢與石棺隔了一定的距離看，生怕石棺中的女人突然間跳起來。

苗君儒舉著火把，將兩具屍體從頭到腳仔細看了一遍。若是土王的妻子，不可能被埋葬在這裏，也不可能有這種高貴的裝扮。

只有王后或者王妃，才有資格戴這樣的東西。可是苗君儒所掌握的資料中，並沒有對那果王身邊女人過多的介紹，也無從瞭解當時這些女人穿的服飾，他只是根據自己的經驗初步判斷。

如果他把這兩具屍體運出去，對大家說，這就是那果王的王后或者王妃，絕對不會有人相信，那些所謂的科學家，一定以為他從哪裏隨便找了兩具屍體，穿戴上一些古代的服飾，幹一件欺世盜名的蠢事。

前年他參加在英國舉行的考古學者研究會議的時候，記得一個法國的考古學家對他說過，已經研究出了一種很科學的方法，來鑒定屍體或者骸骨存在的年限。

如果用那種方法來鑒定這兩具屍體，而得到公眾認可的話，會震撼整個考古界，而他對那果王的研究，也將有突破性的進展。

問題是如何將這兩具屍體運出去，如果將他們抬出石棺，會很快腐敗，這樣的例子他見過不少。屍體接觸到外面的空氣，會迅速氧化，變成一堆毫無價值的棉絮狀黑色物質。

他探下手去，扯了一下那女屍的手，發覺這女屍的肌肉很柔軟，關節還很鬆。一般情況下，人死後四個小時，肌肉就會僵硬。棺內的溫度很低，儘管他戴著手套，仍感覺到寒冷刺骨。如果將一具剛死的屍體放在這種溫度下冰冷的地方，不用一個小時，屍體的肌肉就會變得很僵硬。

見苗君儒那麼大膽將手伸下去，方剛往前走了兩步，他還是不敢太靠前，也無法看到棺內的情況。

苗君儒端詳著女屍，女屍顯得很年輕，也很漂亮，活著的時候，一定是個美人胚子，看上去也就二十多歲的樣子，兩隻乳房高深挺拔。他將女屍的手移到胸前，從下面扯了一塊裙布，把兩隻高聳挺拔的乳房蓋住。女人的乳房，往往能引起人的淫欲。

據說當年孫殿英手下的士兵在挖開裕陵後，撬開一口楠木棺材，見裏面的妃子跟活的一樣，兩人把那妃子從棺材中抬出來想要姦淫，後來見那妃子迅速腐化，才作罷，還後悔當時沒有在棺中就幹那事。

難保等下那些如狼似虎的士兵，見到這麼漂亮性感的女人，不會起淫心。

古代羌族人的女性，一般十四五歲就可以婚配生子。若照旁邊小孩的年紀推算的話，面前這具女屍，應該不會超過二十歲。

二十歲的女人，應該不會是那果王的王后，而是妃子。這個妃子為什麼這麼年輕就死了，是生病死亡還是被人殺死的。女屍的頸部和胸部都看不到明顯的傷口，一時之間，也無從探究這母子二人的死因。

他碰了一下女屍的頭髮，髮質很滑潤，還泛著黑色的光澤，看來死者生前很注重保養自己。

女屍的身下，墊著一層有著奇特圖案的絲綢，他用手扯起一角，拉了幾下，居然拉不動。像這種放入棺木中的絲綢製品，在棺木被打開後，毫無例外的都成了一堆灰燼。在墓穴中，最不經爛的是紙張、棉布及絲綢製品。石棺開啟了這麼久，這裏面的屍體及各種東西，都沒有發生任何變化，倒是出人意料。越是這樣的東西，就越有研究價值。

他有些興奮起來，手下加大了力度，但是連扯幾下，還是扯不動。

女屍似乎動了一下，苗君儒嚇了一跳，手中的火把落在石棺中，點燃了小孩屍體上的獸皮，並迅速蔓延開來。「轟」的一下，整個石棺冒起一股烈焰。

苗君儒想上前搶救，卻已經遲了，那一大一小兩具屍體雖然栩栩如生，但是實質上肌肉已經完全蠟化，遇到一點火星便會燃燒起來。剛才那女屍之所以動，可能是由於他扯了一下女屍下面的東西，帶動了連鎖反應。

他苦笑了一下，身為科學家，竟然也相信所謂的殭屍之說，若不是剛才怕那女屍跳起來，也不會驚慌失措地將火把掉下去，白白將這兩件證明那果王朝的有力證據給毀滅了。他望著石棺中冒起的火焰，心中懊悔不已，卻也無可奈何。

看到石棺中冒火，其餘的人不覺得害怕了，紛紛走了過來。

方剛笑道：「還是苗教授有辦法，直接放火把殭屍給燒了。」

另一個士兵說道：「我以前聽村裏的老人說，對付殭屍，最好的辦法就是用火燒，只要火一燒，什麼東西都沒有了。」

方剛說道：「苗教授，你剛才看了那麼久，是不是裏面有什麼好寶貝？」

火光中，傳來「劈劈啪啪」的聲音，估計是石棺內蠟狀屍體的油脂被燃燒時發出的響聲。可是在通常情況下，屍體在燃燒的時候，發出的是「滋滋」聲，而並非這種聲音。

陳先生在上面道：「等火燒完了，把那石棺砸碎了運上去，冰寒青玉，我只是聽說過，那可是寶貝呀！」

望著那火焰，苗君儒突然感覺呼吸困難起來，心中暗叫不妙。燃燒需要氧氣，這一場大火，已經將石室中的氧氣耗光了，新的空氣進入得沒有那麼快。

再者，燃燒的時候，也會產生有毒氣體，那可都是致命性的。

他轉過身，看到旁邊已經有兩個人捂著脖子倒下了。他往台階上衝去，剛走上幾步台階，頭一暈，倒在台階上，手腳麻痹，但是神智還算清醒。

一個士兵見狀，罵了幾聲，掙扎著將手中的手雷丟到棺中。

一聲劇響，石棺被炸裂開，裏面的火也熄滅了，從底下突然「咕嚕咕嚕」的冒出水來。水勢越來越大，很快便漫了整個石室。一碰到水，那兩個倒下的士兵，瞬間清醒過來，一起朝台階爬來。

方剛衝上了台階，摻起了苗君儒，向上面跑去。在他們的身後，跟著幾個手腳並用往上爬的士兵。

苗君儒朝後面望去，見水中的石棺漸漸往下沉，旁邊的牆壁也裂開了幾道裂痕，往內透水。右側牆壁一米高的地方，好像開了一道小門，裏面有一個黑色的盒子。

「我要去拿那東西！」苗君儒發覺自己的手腳已經恢復了正常，他掙脫了方剛的手，返身衝了下去。

「你不要命了？」方剛大叫。

苗君儒下了台階，發覺水勢已經漫過腰了，他走到牆壁邊，拿起盒子，水已經浸到他的胸部，這水來得極快，他還沒走兩步，轉眼間已到了他的脖子。

他離台階的出口方向有五六米遠，在水中遊走的速度很慢，照這樣子，還沒有等他到達那裏，就已經被水沒頂了。

「快抓住繩子！」方剛大叫著丟過來一根繩子。

苗君儒將自己儘量浮在水面上，抓住那根丟過來的繩子，被拉了過去，與此同時，他感覺到一股很大的無形力量拚命將他往下扯，他大驚，死死地抓著手中的繩子。

第九章

西漢時的竹簡

盒子裏並沒有金銀玉器之類的寶物，
只有一卷顏色發黃的竹簡。
過了兩千多年了，上面連著的麻線還很牢固。
竹木簡上面的，是書寫公正的隸書。
他一看上面的內容，竟是一封西漢的外交通辭。

苗君儒一手死死抓著手中的繩子，一手將那盒子抱在胸前。他才被方剛往前扯了兩三米，還未到台階前，卻被那股神秘的力量往後面拖了過去，心中大駭，大聲叫道：「快用力拉我呀！」

剛一張口，就嗆了兩口水，這水入口冰涼，有一絲絲甜味，當他想到這水是從石棺的下面滲出來的，忍不住一陣反胃，吐了幾口酸水。

方剛與幾個爬上了台階的士兵一齊用力拉住繩子，竟也被那股力量拖著連下幾級台階，照這樣下去，他們也會被拖入水中。

就在方剛打算鬆開繩子的時候，奇蹟出現了，他們腳邊的水以一種極快的速度向下推去，那股往下拖的力道也越來越輕，當水退到台階下面的時候，那股力道消失了。

苗君儒爬在潮濕的地板上，大聲咳嗽起來。在他身邊原先放石棺的地方，露出一個巨大的黑洞。旁邊牆壁上的裂縫還在不斷流出水來，那水流到石板上後，逕自流到那黑洞中去了，從洞內傳來很深沉的流水聲。

苗君儒雖然穿了防護服，但是裏面的棉衣已經進了水，覺得渾身寒冷，牙齒都已經打起了寒戰，他呻吟了一聲，剛要起身，只聽得身後傳來一聲巨大的轟響。他以為石室開始坍塌了，心道：今天真的要死在這裏了。

還未尋思完，只覺得眼前一片刺目的亮光，那亮光來自身後。

「有光呀！」方剛驚叫起來，快步下了台階，來到苗君儒面前。

「好冷！」苗君儒已經凍得說不出話來了。方剛忙幾下脫去他的面具和防護服，同時對外面道：「快找幾件棉衣來！」

上面的人聽到了下面的動靜，也見到了從下面透來的光線，紛紛從上面下來。陳先生走下台階，來到那個黑洞前，朝下望了望，隨手丟了一個火把下去，只見那火把在黑暗中亮了一陣，便再也看不到了，也聽不到從下面傳來的落水或者落地聲。他一言不發，心裏萬分心疼那些掉下去的冰寒青玉，可是眼下也沒有辦法派人下去，更何況這個洞，也不知道究竟有多深。

上面的士兵動作挺快的，立刻送來了棉衣和棉褲，是從死去的人身上扒下來的，上面還帶著血。苗君儒也管不了那麼多，套上了棉衣和棉褲。這下身體暖和多了，但是身體還在發抖。

他想起了那本盜墓天書，忙從脫下的防護服中拿了出來，翻開一看，前面的倒沒有事，只是後面那幾頁，完全讓水浸濕了，黑糊糊的一大片，字跡已經看不到了。好在他研究了這本書那麼久，腦海中有記憶。轉過身，見到從外面射進來的光線。在石牆上，坍塌出了一個兩米見方的洞，光線正是從洞外射進來的。

在洞的外面，看到對面很遠的地方，是一大片上下如刀削般整齊的峭壁，他在方剛的攙扶下，來到洞邊，上下一望，下不見底，上不見天。左邊和右邊都望不到盡頭，這種地貌，在地質學上被稱為天坑。人眼的視力範圍可達十幾公里，也就是說，這天坑的長度，應該超過了三十公里。

他們就身在高達萬丈的峭壁中間的某一處，前面並沒有路。

「我們要上去，這旁邊漏水的地方隨時會塌，」程雪天在漏水的牆壁上看了一下，又看了看那個黑洞和外面的景色，自言自語道：「怎麼會這樣？」

沒有人聽得懂他後面那句話是什麼意思，所有的人都在往回走，上台階後順著繩子爬到了上面。這期間，上面的士兵點起了幾堆火，為的是防止大蟒蛇的進攻。

苗君儒上去後，在火堆旁烤了好一陣子，才停止了顫抖。

陳先生看到苗君儒抱著的盒了，忙問：「這裏面裝著什麼東西？」

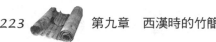

「不知道，」苗君儒說，「出去再說吧，這裏也很危險，巨蟒不可能只有那麼兩三條！」

一行人順著來路回到了洞口，見洞口的那些士兵仍守在那裏，情況不容樂觀。

「為什麼不想辦法衝出去？」陳先生大聲質問方剛，「這樣下去的話，我們會被那些人困死在這裏。」

方剛也很著急，所有的裝備都在宿營的地方，他們逃進來的時候，身上只有一些隨身帶的東西，帶來的火把也已經用完。如果天黑下來，就算那些人不進攻，裏面的蟒蛇也不會放過他們，那可是黑暗中的霸王。還有這天氣，一到晚上就讓人冷得受不了。外面的那些人倒不可怕，可怕的是從上面飛下來的紅色羽箭。

只要能夠想辦法避開懸崖上的紅色羽箭，就可以對付外面的那些人了。可是用什麼辦法才能行得通呢？之前有兩個士兵背著死去的同伴往外衝，以為可以用屍體的掩護避過懸崖上的紅色羽箭，哪知竟被紅色羽箭連屍體帶人從上至下貫穿。那箭從懸崖上射下來，在下墜的過程中所產生的力度成倍地增加，普通的金屬物體都沒有辦法抵擋，更何況是人。

程雪天在洞口看了一下外面的情況，說道：「我們可以沿著這石壁衝過去，上面的人站在那麼高的位置上，從射擊的角度看，離石壁越遠對他們越有利，而緊貼著石壁的地方，則是他們射擊的死角，就算他們往下射的話，石壁上生長出來的樹木，也會替我們擋掉那些箭。」

「我也考慮過，」方剛說道：「可是那樣的話，我們根本沒有藏身的地方，會成為外面那些人的活靶子，再者，我們衝出去後，不可能只在石壁的下面，要設法將那些人殲滅，可是那樣一來，我們還是會被上面的箭射到。」

方剛說的話有一定的道理，沒有人再吭聲了，一個個著急而又無奈地望著外面，各自在想辦法。

苗君儒蹲坐在地上，看著手中的盒子。盒子是木製的，外表黑黑亮亮，象刷了一層油漆，隱約有一種類似檀香的香味。剛才那一陣子情勢危急，倒覺察不出什麼，現在卻覺得很沉重，不知裏面裝了什麼東西。

他用工具輕輕刮了一下盒面，發覺這盒子很堅硬，那股香味似乎更濃了。他突然想到，難道這盒子是黑檀香木製作成的？

黑檀香木據說是天竺的神木，只有在一座被稱天神之峰的高山上，才能找到它的蹤跡。神木生長太緩慢，一棵碗口粗的樹木要生長兩三百年，由於樹木材質堅硬如鐵，入水即沉，火燒不進，還能夠散發很濃的檀香味，被當時的王公貴族砍來做裝飾品。佛教興起後，這種神木被用來專門製作佛頭等雕像，成了佛教的聖寶。可惜早在一千多年前，就已經絕跡了。

有了這個盒子，可以證明當年那果王與天竺有一定的聯繫。

像那口石棺一樣，這盒子也是長形的，上下沒有區別。他找到了那條縫，將盒子放在地上，一隻手按著下面，另一隻手用力一推，盒蓋滑開了。

陳先生站在旁邊，和其他人一樣盯著盒子，見盒蓋滑開後，臉上的期望頓時變成了失望，罵了一聲，走到一邊去了。

盒子裏並沒有金銀玉器之類的寶物，只有一卷顏色發黃的竹簡。

竹木簡在中國文字歷史上的使用年限上，已經無從稽考，所跨的年代大約有幾千年，自漢代後，漸漸被紙張所代替。

苗君儒將竹木簡從盒子裏取出，在地上排開。都兩千多年了，上面連著的麻線還很牢固。竹木簡上面的，是書寫公正的隸書。他一看上面的內容，竟是一封西漢的外交通辭。是漢武帝劉徹派使臣到那果王控制下的羌族部落，向那果王通好的，通辭最後落款的年號是太初元年，即西元前一〇四年。這可是最能夠證明那果王朝的證據，當真是考古界的至寶。

文景時期，用道家黃老思想為主，並輔以儒家和法家思想為法制指導思想，不僅強調無為，還注重禮與德的作用，既承認法律的重要性，又堅持約法省簡，務在安民。而從漢武帝之後，又確立儒家思想成為了正統思想，並輔之以法家思想為法制指導思想，其中心是「德主刑輔」，即先用德禮教化，教化無效再施之以刑罰。這種剛柔相濟的治國之道，成為漢武帝以後漢王朝法制的指導思想。所以漢武帝的外交政策，多以「和」為主，儘量不與周邊國家發生戰爭。對待那些兇悍的國家，如匈奴等，都以美女加金錢的方式來進行「和番」。

文景後期，隸書亦漸漸取代小篆成為主要書寫字體，而隸書的出現則奠定了現代漢字字形結構的基礎，成為古今文字的分水嶺。

到了漢武帝時期，隸書已經成為規範化的文字，並已經普及，許多那個時期流傳下來的文獻資料，都是隸書形式的。

苗君儒將這封西漢的外交通辭前後看了一遍，裏面大都是對那果王的歌頌之辭，大漢朝提到派使臣霍禹攜絲綢五十匹，黃金兩千兩，白銀兩萬兩，美女十名，其他物品若干，前來與那果王共結萬世之好。

據西漢野史記載：「……原來霍光正妻，複姓東閭氏，無子，僅生一女，嫁與上官安為妻，即上官太后之母。上官安謀反時，霍氏早死，追尊為敬夫人。霍光又納婢女名顯，生有一子數女，子名霍禹……」

西元前一〇四年的時候，漢武帝已經五十多歲，年紀上也老了，開始貪圖享樂，不理政事，朝政大權也逐漸由霍光等幾個寵臣把持。

派使臣出使別的國家，一般人完全可以勝任，這外交通辭中的霍禹，是不是霍光的兒子霍禹？

如果是的話，派兒子當使臣去聯繫一個強悍的部落首領，這裏面，到底有什麼企圖呢？

霍光此舉，意在增強自己的外部勢力，只等時機成熟，便可將帝取而代之。所以當年在霍光死後，對其「欺主盜名，意圖謀反」的罪名指控，或許是真的。也許正是由於此舉，才導致了霍氏一門的滅族之禍。

那麼霍禹見到了那果王之後，兩人達成了一個什麼樣的意向，為什麼在西漢的史料中沒有這方面的記載？

這封外交通辭，為什麼會藏在那石室裏？這裏面莫非還有什麼秘密？

「有蛇呀！」一個站在裏面負責警戒的士兵叫起來。

大家一齊望去，見裏面的火堆都已經熄滅了，黑暗中閃爍著星星點點冰冷的寒光，那是蛇的眼睛所發出來的。僅剩的幾支火把也漸漸要熄滅，大家身上除了有一股硫磺味外，再無多餘的硫磺粉可以對付那些蛇。

自石室那裏塌方後，灌進來的風向洞外吹，眾人所處的位置，是蛇群的下風頭，蛇群聞不到那股硫磺味，慢慢向前緊逼過來。不少士兵開槍射擊，但仍無法阻止蛇群的攻勢。

內有蛇群，外有對手，情勢變得萬分緊急起來。

「衝出去拚了，死在外面，總比被蛇吃掉的強。」有些士兵大聲道。

「慢著！」苗君儒將竹木簡放入盒內，起身說道：「不要亂來，我有辦法！」

一聽苗君儒說有辦法了，大家都把眼光望向他。

苗君儒道：「必須利用那條被我炸死的蟒蛇，抬著出去，人躲在蛇下面。蛇皮那麼硬，別說是箭，就是子彈都難穿透。」

這不失為一個辦法，可是那條蛇在洞裏面，有什麼辦法回去呢？

「把死去的人身上的棉衣脫下來，點燃對付那些蛇，只能這樣了！」苗君儒對陳先生道：「回去後善待他們的家屬，你說過的話要兌現！」

陳先生無力地點頭。

十幾具屍體上的棉衣被人剝了下來，製成火把。火把點燃後，丟入蛇群，那蛇群一見到火，立刻散開。

「速度必須要快！」苗君儒說道。其實不用他說，大家都知道，那火把燃燒不了多長時間的。

方剛帶著十幾個士兵，順著用火把丟出來的路，往裏面衝去。沒有多久，他們拖了那條蛇出來。

那條蛇有木桶般粗細，兩丈多長，五六百斤重。如果將蛇抬起，下面可以藏人。

方剛立刻安排一個排長帶著二三十人，沿著石壁的下面，用機槍開道，對那些人進行火力壓制。他帶著二十幾個士兵，將蛇舉過頭頂，筆直衝出去，只要衝到宿營的地方，就有辦法了。

另一些士兵在洞內對付那些蛇，延緩蛇群的進逼。

成敗在此一舉。

一條大蟒蛇像活的一樣，衝出了洞口。蛇的下面，方剛和那二十幾個士兵，一手托著蛇，一手持槍。另一隊人馬沿著石壁也迅速衝了出去。

懸崖上立刻有紅色的羽箭射了下來，果然對石壁下面的人構不成威脅。紅色羽箭射到蛇身上，隨即落到一旁，果然無法穿透。洞內的人興奮得叫起來。

但是形勢不容樂觀，激烈的槍聲令洞內眾人的臉色緊繃起來。

前進中，方剛身邊不斷有人中彈倒下，他們手中的武器同時開火了。

機槍的射程要比卡賓槍的射程遠得多，石壁下面那支隊伍的火力壓制起到了一定的效果。

「快，快！」方剛大聲叫著，他們幾乎是冒著彈雨前進，剛開始時並不覺得那蛇有多重，到後來，隨著倒下的人越來越多，手上漸漸支撐不住了。

好不容易衝過了紅色羽箭的覆蓋範圍，他們丟掉蛇。方剛回頭一看，見身邊只剩下十來個人，有幾個已經受了傷。

十幾個人，在兩挺機槍的掩護下，朝那些人猛虎般撲過去。

他們這種不要命的打法，嚇壞了那些人。那些人見支持不住，紛紛後退。衝近了些，方剛他們手中的武器發揮了極大的殺傷力。他看到一個男人揮舞著手槍，朝幾個手下人叫著，他橫著掃過去一梭子，那人扭曲著身體倒下，與此同時，他覺得大腿一熱，知道中彈了。

那男人一死，剩下的人立刻潰逃。方剛他們並不依饒，追著逐個用槍點名。那幫人留下大批屍體，剩下的人沿著回來的路逃下去了。

方剛低頭一看，見褲角已經被大腿留出的鮮血浸透了。他從一具敵人的屍體上撕下了一塊布，緊緊紮住。

那幫人留下了上百具屍體，屍體上穿著各式各樣的服飾，所用的武器很雜，以中正式步槍為主，也有不少日本的三八式和衝鋒槍，還有不少是山民用來打獵的火銃。可以看出，這是一夥具有一定戰鬥力的土匪。

三八式步槍的彈道穩定，射程遠，穿透力強。當下，方剛安排幾個人守住來時的路口，以防止逃走的那些土匪返身殺回來。其餘的人撿起地上的三八式步槍，朝懸崖上射擊。

一陣槍響後，懸崖上落下兩具屍體，那些令人恐怖的紅色羽箭不再往下射了。

洞裏和石壁下面的人見狀，知道機不可失，朝宿營地跑了過來。

方剛瞄準懸崖上的身影，一氣打完槍中的子彈。他望著手中的槍，心中感慨萬分，這種被他們所擯棄的武器，火力雖然遠遠不如他們手中的自動武器，但在一定的場合下，竟比他們引以為豪的美式裝備要有用得多。

陳先生在阿強等黑衣人的保護下來到了安全的地方，他們的身後，跟著苗君儒他們幾個人。

「我們還剩下多少人？」陳先生問方剛。

數字很快統計出來了，活著的軍人有六十一個，其中十七個帶傷，一百三十多人的整編連，已經被削去了一半多。陳先生與阿強等人是七人，加上三個科學家和那個叫馬福生的老頭，一共是七十二個人。

「什麼？七十二個人？」苗君儒驚道，他想到盜墓天書中馬大元留下的那句話，八九之數難過關。這冥冥之中，有些事情還真的那麼湊巧，不由人不心驚。

「有什麼不對嗎？」陳先生問。

「沒有什麼，」苗君儒說道，他望向假馬福生，見對方也是眉頭緊鎖，一副心神不寧的樣子。

去路已經沒有了，接下來該怎麼辦？十八天梯到底在哪裏呢？

在方剛的指揮下，士兵們撿了些有用的三八式步槍，其餘不用的槍支連同那些土匪的屍體被丟下了深淵。

苗君儒望著那些土匪的屍體，像這麼多人數的土匪，在這一帶是極少見的。這些人跟著他們來，一定是有原因的。是什麼人在背後指使著這一切？

一些士兵找了一處向陽的地方，挖了一個大坑，將死去的人埋了起來。那兩具從懸崖上掉下來的屍體被抬過來了，和前面那一個一樣，屍體都是女性，一具的頭部中彈，腦漿都流了出來，另一具胸部連中兩彈。

三具屍體的身上，都背著一個皮製的背囊。蘇成取下了三個背囊，從裏面抖出一些東西來，三個被塞子塞住的竹筒子，估計裏面就是沾在箭上的劇毒物，這邊的獵人在射獵的時候，也用一種沾了神經毒液的箭頭，盛毒液的也是那種竹筒子。所有的東西之中，有一顆未經雕琢的藍寶石，兩個裝有土煙的袋子，幾把火鐮和亂七八糟的東西，讓人注目的，竟然還有一包老刀牌香煙。

這地方的山民，很多都是抽自製的土煙，土煙中含有罌粟的葉子，勁很大，很少人抽香煙，更別說這種十分名貴的英國進口的老刀牌香煙，普通人根本抽不起。

老刀牌香煙已經證明，這個還處於蠻荒的女人部落，一定和現代文明人有過接觸，而且絕不是普通的人。那些人控制了土匪與女人部落這兩股勢力，手段也確實了得。其真正目的，就是為了不讓人找到那果王陵墓那麼簡單嗎？

那顆未經雕琢的藍寶石，已經被陳先生拿走了，其餘的東西都留給了蘇成，讓他去好好研究。

方剛安排了一些士兵點起篝火，守在洞口，為了防止上面再有箭射下來傷到他們，特地搭了一個大架子，大架子上面鋪上兩層帆布，蓋上一層土，再鋪上兩層帆布，蓋上一層土，上下四層，應該可以抵擋那些箭了。

另外派了幾個人，在來的路上埋好地雷，並做了記號。正對著路口的地方，建了一個簡易公事，也安排人守著。

傷者也安排人處理，輕傷的包紮一下，並無大礙，兩個傷重的倒挺麻煩，中彈的地方在要害部位，止不住血。

苗君儒被阿強叫到陳先生的帳篷裏，他剛走進去，陳先生劈頭就問：「我們接下來怎麼走？」

「必須找到十八天梯！」苗君儒說。

「可是十八天梯在哪裏呢？」陳先生問，「你可別告訴我說，就在那蛇洞裏！」

苗君儒想了一下，當年馬大元他們十二個人，在石室內殺了嚮導後，應該出了石室，找到另一條路出去了，也就是說，尋找十八天梯，必須從那裏過去。再者，他在見到「尼瑪尊神」的時候，隱約看到前面好像還有路，只是他當時為了尋找石室而停了下來。這個所謂的廟，是建在溶洞右邊的，左邊還是原來的岩石結構。只要沿著溶洞右邊的洞壁走，一定能夠找到路。

他緩緩說道：「除了那裏面，我們沒有別的去路！」

「可是那裏面有蛇，差點沒有把我吞掉！」陳先生道。

「報告！」外面傳來聲音。

「進來吧！」陳先生道

一個黑衣人掀開帳幕進來，向陳先生道：「報告，我們的電報發出去了，可是到現在都沒有回音。」

「媽的，等我回去後好好收拾他們，」陳先生十分惱火，但他表現得很冷靜，說道：「以我父親的名義向雲南這邊的人發報，告訴他們我們現在的方位，要他們立刻派飛機來！」

那人道：「就算他們派飛機來，這裏也沒有辦法降落！」

「那就空投物資，我們缺什麼，馬上列個清單出來，還有，人也要派一些來，我們現在的人不多了！」陳先生說道。

那個人領命出去了。

陳先生望了一眼旁邊的馬燈，對苗君儒道：「你現在認為那個關於那果王的傳說，有幾分真實？」

「我現在可以鄭重的告訴你，關於那果王朝，歷史上確實存在，」苗君儒說道：「至於為什麼會在歷史上消失，我也在尋找這個答案。」

「我只對傳說中那些珍寶感興趣，」陳先生不無遺憾地說道：「只可惜了那一大塊冰寒青玉，如果雲南這邊派飛機來的話，我叫人下去把它撈上來！」

「我們死了不少人！」苗君儒說道。

陳先生冷笑道：「死這點人算什麼？聽說當年孫殿英挖開東陵的時候，死了上千人，最後還不是挖了不少好東西？送給蔣夫人的那兩顆夜明珠，是從慈禧老佛爺頭上摘下來的。清朝的那幫遺老到處告狀，有什麼用呢？挖了還不是挖了？本來我也想挖他幾個，可是我是什麼身分的人，不想給自己臉上抹黑。這次帶著你們幾個專家，對失落的文明進行考古和生物研究，我幹的可是體面的事情！」

陳先生點燃一支煙，抽了一口，接著道：「考古探險嘛，死人是很正常的，別說就這幾十個，就是死幾百幾千個，只要找得到我想要的東西，也值得！」

「你一開始就相信那些傳說？」苗君儒問。

「不相信，」陳先生拿出口袋中的萬璃靈玉，「但自從我得到它後，就深信不疑了。」

「你認識古德仁先生多久了？」苗君儒問。

「好幾年了，」陳先生道：「他經常有一些好東西送給我父親和我叔叔，我們家看中的一些古董，也是請他給看的！」

「這萬璃靈玉也是他主動送給你的？」苗君儒問。

「是呀！」陳先生道：「是我殺掉的那個萬老闆求他鑒定的，萬老闆那傢伙一看就知道不是正經的貨色，幹的是不賠本的買賣，我最恨那種人！」

苗君儒說道：「尋找那果王陵墓的主意是古德仁出的吧？」

陳先生點頭道：「是的，光一塊萬璃靈玉就是稀世珍寶，要是能夠找到那果王的陵墓，那可就不得了了。你怎麼知道那個主意是他出的？」

「我是猜的，」苗君儒說道：「他死的時候，生不見人死不見屍，還有跟著我們的那些土匪，懸崖上的那些女野人，你不覺得這其中有什麼聯繫嗎？」

「你的意思是，他並沒有死！」陳先生驚奇道：「主意是他出的，如果他也想得到那些珍寶的話，大可在我們找到陵墓後，安排人下手。可是那兩幫人，好像是在阻止我們尋找那果王的陵墓。」

「這也正是我想不明白的地方，」苗君儒說道：「但我相信事情總會有結果的。」

「在飛機還沒有來之前，我們沒有辦法進去，這點人，可能還不夠那些蛇吞的。」陳先生說道：「我們帶來的那些裝備，消耗得差不多了，必須要補充！」

苗君儒沒有再說話，之後出了陳先生的帳篷，緊了緊身上的棉衣，在帳篷的旁邊，生起了好幾堆篝火，很多士兵睡不著，圍著篝火說著漫無邊際的話。在這山上，白天還好，穿著棉衣倒不覺得冷，一到晚上就寒冷刺骨，簡直無法入睡。

他走到自己的帳篷前，見一個矮小的身影在那裏，知道又是那個傢伙，走近了些，果然是那人。

「你又在這裏等我？」苗君儒問道：「有什麼要說的嗎？」

「剛才陳先生對你說了些什麼？」假馬福生問。

「你可以自己去問他！」苗君儒說道。

「你們明天想怎麼做？」假馬福生問。

「過十八天梯！」苗君儒說完進了帳篷，他躺在行軍床上，將身體裹在被子中，腦海裏回憶馬大元寫在盜墓天書上的內容，剛想了一會兒，一個人進來了。

苗君儒定睛一看，見是程雪天。

程雪天進來後，搓了幾下手，坐在苗君儒旁邊的工具包上。

苗君儒問道：「找我有什麼事嗎？」

程雪天的臉色變得凝重起來，說道：「你和我父母親是同學，對不對？」

苗君儒似乎愣了一下，他點了點頭，「這和你有關係嗎？」

程雪天問道：「我母親為什麼不願意跟我父親去美國？」

苗君儒坐起身，「這個問題你應該去問你的母親才對，這是他們兩個人之間的事情，外人無權插手。」

「你不是外人，我的父親把他們之間的事情都告訴我了，」程雪天說道：「抗戰勝利後，我母親為什麼不回北大，而要留在重慶那個鬼地方？就是因為你！」

「她回不回去那是她的事情，我勸過她很多回了，」苗君儒說道：「聽你說話的語氣，你好像很恨我？」

「不錯，我是很恨你，一個讓我從小就失去母愛的人，」程雪天說道：「你知不知道，在美國，當我看到同年的人在他們父母親面前撒嬌的時候，有多麼的羨慕；我的母親，遠在萬里之外的中國，而我的父親，完全不管我，只知道拚命的賺錢。我的童年，都是在孤獨中度過，那種孤獨與痛苦的感覺，你是完全感受不到的。在孤獨中，我學會了很多東西，也正是因為孤獨，使我的功課出類拔萃，年紀輕輕就取得了這麼好的成就！」

「你告訴我這麼多，無非是加深對我的恨，」苗君儒說道：「你想過沒有，造成你童年失去母愛的真正原因在哪裏？你父親沒有告訴你嗎？就像你恨我一樣，我也很恨他，當然，我也很恨我自己！」

「我只知道，如果沒有你的存在，我會生活在一個幸福的家庭中，是你把我美好的一切給毀了，」程雪天壓低聲音說道：「我會選擇一個最好的時機，殺了你，只要你死了，我母親一定會回到我父親的身邊。」

苗君儒坦然道：「你可以現在就殺了我！」

程雪天搖了搖頭，說道：「現在還不行，在沒有找到那果王陵墓之前，我不會殺了你，相反，當你遇到危險的時候，我還會救你！」

苗君儒微微一驚，問道：「你也在尋找那果王的陵墓？」

程雪天高深莫測地笑了笑：「你以為就你一個人對那果王感興趣嗎？」

他說完，對著苗君儒做了一個殺人的手勢，轉身出了帳篷。

苗君儒望著程雪天的背影，覺得問題變得嚴重起來，在程雪天的背後，彷彿還有一隻伸出來的黑手，那隻黑手，究竟是誰的呢？

幾乎熬過了一個不眠之夜，當清晨的第一縷光線從雪峰上反射下來的時候，苗君儒走出了帳篷，見幾個士兵又在挖坑，旁邊放著兩具屍體。那兩個傷重的士兵，竟沒有撐到今天早上。

方剛站在一旁，神色有些悲哀，他看了一眼苗君儒，沒有說話。這種時候，誰都不想說話，壓在每個人心頭的陰雲，已經使大家的情緒低落到了極點。

洞口那邊，見那些士兵還在守著，火堆的火燒得正旺。

一整天，都沒有看到空中出現飛機，也沒有任何異常的情況。

傍晚的時候，苗君儒看到昨天晚上找過陳先生的那個黑衣人，神色有些緊張地又進了陳先生的帳篷，估計情況可能不妙。沒有多久，那人就出來了。

阿強走了過來，對苗君儒說道：「陳先生請你去！」

苗君儒隨阿強走了過去，進了陳先生的帳篷，坐了下來，他見陳先生的臉色很不好。

「我們沒有辦法和外面聯繫上，」陳先生說道：「可能是由於這裏地理位置的原因，電波受干擾，你說我們怎麼辦？是回去還是繼續往前走？」

「你認為呢？」苗君儒問。

「如果往前走，我們可能會陷入困境，如果回去的話，我不甘心，」陳先生說道：「所以我想聽聽你的意見。」

「接下來會發生什麼事情，我不知道，如果硫礦粉可以對付那些蛇的話，我認為我們應該闖過去！」苗君儒說道：「現在想挖那果王陵墓，恐怕不僅僅是我們！」

「硫礦粉和汽油我們所剩不多了，還有子彈和吃的東西，都需要補充。」陳先生憂慮重重。

「我們可以分成三批，一批回去連絡人，一批在這裏看守傷患，一批跟我們前進，」苗君儒說道。

「那樣的話，我們的兵力分散了，會不會被土匪吃掉？」陳先生不無擔心。

苗君儒說道：「除此之外，沒有更好的辦法，那幫土匪遭到我們重創，應該沒有辦法在短時間內組織人對付我們。」

陳先生想了一下，微微點了一下頭，問道：「你認為我們能夠找得到那果王的陵墓嗎？」

「這種事情，任何人都沒有十足的把握，」苗君儒說道：「我們按盜墓天書中留下的路線尋找，應該有所發現。」

「那好，我們就按照你說的辦。」陳先生道。

在陳先生的安排下，一個排長帶著他寫的信，領十六個士兵沿原路返回，下山聯絡救援；另一個排長領八個人，守在原地，看護那些受傷的人；剩下的所有人，整理好行裝，繼續前進。

苗君儒算了一下繼續往前走的人，還有三十三個。

次日一早，大家各自分頭行動，繼續前進的人，把能夠扔的東西都扔下，儘量多帶繩子，還有一些必要的東西。方剛的大腿被三八式步槍的子彈貫穿，沒有傷及主要經脈，包紮好後乃可行走，那些士兵沒有他帶隊是不行的。

進洞前，走在前面的士兵點燃火把，儘量往前扔，那樣既可以看清前面的道路，又可以預防蛇群。一行人沿著洞內右邊的石壁往裏走，走在後面的人將丟在地上的火把撿起來，留著繼續用。

洞內的風有點大，進去兩百多米路的時候，前面的人站住了。眾人看到了一大片星星點點的冷光，有兩個如銅鈴般大小。定是第四條巨蟒，大家的心一下子揪起來。

「用包了硫磺粉的火把丟過去！」苗君儒大聲說道：「不要用手雷！」

幾支包了硫磺粉的火把和幾個汽油瓶迅速丟了過去，洞內立刻燃起一陣熊熊大火。蛇群被逼退，沾上了汽油的蛇在烈焰中翻滾，發出「滋滋」的聲音。

眾人幾乎是踏著火走，越往前走，蛇越來越多，也不知道哪裏來的這麼多蛇，有不少是顏色花花綠綠的毒蛇。蘇成見到那些毒蛇，居然有不少是他第一次見到，有的蛇的頭部像公雞，像犬類，有的甚至還有毛，屬於已經滅絕了的珍稀物種。他越看越興奮，連連道：「可惜呀，可惜，全燒了！」

言下之意，還想抓幾條帶回去。

「別心疼了，你還是快走吧！」程雪天推了他一把。

好不容易衝到那尊倒塌的「尼瑪尊神」面前，隱約可見那邊還有路可以走，見前面的黑暗中仍有數不清的星星點點，還不知道有多少條蛇擋著去路。不能夠停留，否則當火把和汽油用光後，大家都會困死在這裏，連返身回去的機會都沒有。幾個衝在前面的士兵繼續往前衝，有火把和汽油開道，倒也順利。

往前走了些，苗君儒見是一條石板鋪成的路，右邊的洞壁有些人工雕琢過的痕跡，上面有一個個挖成的洞，擺放著一尊尊神態各異的石像。左邊是一條地下河，河面大約有四五十米寬，在火把的光線中，隱約可見河面上方垂下來的鐘乳石，有的幾乎已經抵到了水面，水色暗黑，估計很深。

越往前走，路越來越窄，許多蛇都是從水中爬上來的。

走了幾里路後，前面的士兵叫起來：「沒有路了！」

苗君儒看了一下，見石板向左，深入了水中，心中道：莫非要從水下過去？

除此之外，並無去路。可是水中，不斷有各種毒蛇游過來，而且水流很急，不知道有多深。

在水中沒有辦法對付那些蛇，火把和汽油一丟下去就被沖走。可是不往前走，退回去是不可能的。

「水應該不是很深，賭一把，強行衝過去，看誰的命大，」陳先生在後面叫道。

「慢著！」苗君儒叫道。如果冒然下去，沒有一個人能夠活命。在盜墓天書中，馬大元並沒有提到要經過地下河。

難道走錯了？

就算是走錯了，也沒有辦法折回去。可是不折回去的話，就只有下水衝過去。

苗君儒仔細看著右邊的洞壁，洞壁上有一處地方深深凹了進去，擺著一尊和「尼瑪尊神」差不多的石像，不同的是女性的，裝扮和石棺中見到的女人一樣。

就在他仔細端詳石像的時候，一個士兵自告奮勇，拿著一個火把下了水，剛開始水並不深，士兵用手中的火把驅趕水中的毒蛇，倒還有點用。另外幾個士兵見狀，正要跟著下水。突然聽到水中的士兵發出一聲慘叫，見不知什麼時候，幾條稍大一點的毒蛇已經纏上了他，士兵的身影在水中掙扎了幾下，沉了下去，片刻間被水流沖走。其餘士兵嚇得不敢再下去，一個個神色緊張地看著水面。

苗君儒用手抓著那石像，左右一轉，「轟」的一聲，他身邊的石壁上開啟了一扇石門，露出一個黑黑的洞口來。洞口有石階，成環狀沿石壁順勢向下。旁邊並沒有扶手，下面黑不見底，也不知道有多深。

估計這裏就是十八天梯了。

眾人見找到了出路，全都鬆了一口氣，有兩個士兵舉著火把進了洞內，沿著台階往下走。剛走下兩級台階。後面的人聽到「嗖嗖」幾聲細微的聲音，隨即傳來慘叫。那兩個士兵身上，同時中了幾隻羽箭，屍體往左邊落了下去，過了好一會兒，才傳來落地的聲響。

他們一定是踩到了機關。

苗君儒站在台階前，他也不敢亂踩下去，對面的岩壁上，隱約可見一些圓形的洞口，那些羽箭估計就是從裏面射出來的。

他想到了盜墓天書中的詩詞：逢三中間，逢四左一，逢五左二、逢六左三，遇角即變。

後面還有：十八天梯十八關，關關直通閻王殿。

也就是說，必須要按著那些數字來走，否則只是死路一條。

他見每一級台階，都是由好幾塊大小不一石塊拼成的，有的三四塊，有的五六塊。第一級台階有五塊石塊，逢五左二。他深吸一口氣，伸出左腳，踏在左邊第二塊石塊上。還好，沒有動靜，他完全照著盜墓天書的指引走，如果被利箭穿身，也只好認命。

第一級台階有四塊石塊，接著，他伸出右腳，踏在左邊的第一塊石塊上。就這樣，他一連下了好幾級台階。

「照著我走過的地方走，」他回身對身後的人說道。

見他沒有事情，有三個士兵按著走過的足跡跟了下來，其他的人跟在後面。

他大聲說道：「記著，逢三中間，逢四左一，逢五左二、逢六左三，千萬不要錯！」

下了一百多級台階後，見石壁上有一塊凸起的地方，上面擺放著一尊石像，這應該就是所說的角了。

遇角即變，意思應該是反過來數了，那就是：逢三中間，逢四右一，逢五右二、逢六右三。

下面那級台階有四塊石塊，他伸出右腳，踏在右邊的第一塊石塊上。儘管洞內的氣溫很低，那一刻，他額頭上的冷汗已經下來了。

還好，石壁上那些圓形孔內，並沒有羽箭射出來。

也不知走了多久，他終於看到下面的地面，長長吁了一口氣，扭頭朝上望去，見走在隊尾的人，手中火把的光線如同在半空中晃動。

那兩具摔下來的士兵屍體就在前面不遠的地方，他剛要走下最後一級台階，卻看到擺在面前的，是兩塊方方正正的石板。

驀地，他覺得頭頓時大了！

第十章

神秘死亡地帶

那水頓時成了紅色，片刻間，
那士兵的身體就被魚吃得只剩下骨架，
白色的骨架漸漸沉到了水底，埋入細沙之中。
那紅色的水也變清了，彷彿什麼事情都沒有發生過。

苗君儒站在那裏，望著那兩塊方方正正的石板。在盜墓天書中，並沒有提到這兩塊石板，如果冒然走上去，會有什麼後果呢？

後面的人問道：「怎麼不走了？」

石板很大塊，普通人跳不過去。苗君儒想了一下，逢三中間，那麼逢二呢？

如果照盜墓天書中那些提示來推斷，他所站立的地方應該是結束了十八天梯最後的一級台階，接下來必須不同了。兩塊石板中，肯定有一塊是機關所在。

他想起了十八天梯洞口的女性石像，右手手心托著一個象徵太陽的圓球，左手持矛象徵戰鬥。太陽是天堂，戰鬥就必須要有死亡，和死神是有關係的。

他邁出右腳，踏在了右邊的那塊石板上。

空氣彷彿凝固了一般，他似乎感受到了利箭穿心的痛苦。

並沒有羽箭射出，他抹了一把額頭上的冷汗，長長呼出一口氣，走完這十八天梯，真的如同過了一趟鬼門關。

過了那兩塊石板，眼前的是平整的土地，前面隱約看到亮光。

雖然是平整的土地，也難保沒有暗藏的機關，苗君儒大聲道：「大家不要亂走！」

他說話的時候，有幾個士兵已經朝著亮光的地方走了過去。「轟」的一下，那幾個士兵在大家的眼前突然消失了，他們剛才站立的地方，出現了一個大坑。

苗君儒來到坑邊，見坑並不深，下面豎著一支支尖頭朝上的長矛。那幾個士兵已經被長矛貫身而過，死前連哼都來不及哼一聲。

眾人大驚失色，都將眼光望著苗君儒，只有他走在前面，大家才是最安全的。

苗君儒看著坑邊上，有一些走過的痕跡，只要照著這些痕跡走，應該就沒有事。

他們按著地上的痕跡，向亮光的地方走去。同時，他們聞到一股很重的硫磺味，是從外面吹進來的。自從下了十八天梯後，就沒有再看到蛇了，可能是這股硫磺味起了很大的效果。

越往前走，溶洞越來越大，洞頂離地面有好幾十丈，兩邊的地上，不時有一兩具灰白色的骸骨，有的已經和地上的泥土融為一體了，依稀只看到一個人形的泥土堆。

終於走到了盡頭，是一個很大的洞口，光線就是從洞口外面射進來的，洞外是另一番世界，草木青青，各種顏色不同的花，在樹叢中盛開，彷彿這裏是花的世界。

不少人一看這景象，忙將萬金油拿出來，抹在鼻子下面。

這裏的樹木與別的地方不同，很多高大的樹木，葉片像個大傘蓋，樹皮上一層層的，像魚鱗一樣。

蘇成驚叫道：「太不可思議了，這些都是已經在地球上絕跡許久的史前植物啊！」

苗君儒對那些植物不感興趣，他記起石室中塌方的地方，外面是一處深不見底的天坑，足有三十公里長，他們在洞內雖然走了那麼久，從那裏走到現在所站的地方，其實也就是幾公里的距離；這十八天梯的高度，也就是兩三千米，下了十八天梯後，難道就已經到了天坑的底部？

可是盜墓天書上的那幅圖，那十個人卻走在山脊上，還要用繩子繫著腰，往下攀爬。

眼下都是樹林和平地，山脊在哪裏呢？

見苗君儒沒有往前走，其他人都不敢亂動，一個個站在洞口，望著洞外的奇特景觀。

從洞口開始，隱約有一條小徑，深入樹林之中。

苗君儒走了出去，他的腳踏上外面土地的時候，發覺土地很鬆軟，以為又有陷阱，忙退了回來。他看了灰色的地面，確實有人走過的痕跡，腳印似乎還很深。

「大家先避開一下，」方剛拿了一顆手雷走上前。

爆炸也是破解機關的一個方法，方剛扯開拉弦，將手雷丟了過去。一聲巨響之後，那土地上被炸出了一個坑，坑內的泥土黑乎乎的，並未見陷阱。

也許這地面本來就是軟的，苗君儒走了過去，雙腳踩在那些泥土上，軟綿綿的，一腳一個淺坑。他見那坑內的泥土，表層是灰色，下面的都是黑色，像這種顏色的泥土在這邊很少見到。

見他沒有事，其他的人跟了過去。那些背著重重行裝的士兵，一腳踩下去，陷下了一個高過腳背的小坑，彷彿走在爛泥塘裏。

「快點走，不要停！」程雪天叫道。

苗君儒走在隊伍的最前面，沿著小徑進了樹林。他見這裏的樹木都很直很高，很少分叉，頂上的樹葉又大又濃密，將光線完全遮住了，越往裏走，就越顯得陰暗。四周沒有一點聲音，彷彿死了一般的沉寂，走進來這麼久，沒有看到一隻動物。

空氣中，仍有很重的硫磺味，人在呼吸的時候感覺很不舒服。

苗君儒一邊走，一邊留意腳下的痕跡和四周的動靜。踩到機關必死無疑，但是如果突然從樹林中射出紅色的羽箭，那也是致命的。

走了一個多小時，硫磺味道越來越濃，就在眾人無法忍受的時候，突然一陣風吹來，頓時讓人感覺到呼吸為之一暢，眼前的視線也跟著開闊，呈現在眾人面前的是一片小湖泊。湖水很清，呈蔚藍色，一眼就看到底，水下有一些身體透明的魚游來游去，水底的細沙中，不斷往外冒氣泡，湖面上瀰漫著一層淡淡的白霧。

這是個硫磺湖，小徑沿著湖邊繼續往前。

站在湖邊，硫磺味並沒有那麼濃，有些人站著看湖裏的魚，都不想走了。一個士兵蹲下身子，把手放入水中，見那些魚簇擁上來，吸吮著他的手指，那士兵咧開嘴還沒有來得及笑，突然大叫起來，只見他手指上的肌肉被那些魚吃掉了一半，他縮回手，剛要起身，不料腳下踩空，一頭掉進湖裏。

那水頓時成了紅色，片刻間，那士兵的身體就被魚吃得只剩下骨架，白色的骨架漸漸沉到了水底，埋入細沙之中。那紅色的水也變清了，彷彿什麼事情都沒有發生過。

一個活生生的人，在短短的一兩分鐘內，就這樣在世界上悄然消失了，看得眾人心底升起一陣莫名的恐懼。

這是一個殺人不留痕跡的殺人湖。

有兩個士兵站在湖邊，剛才他們還想下去救人的，幸虧沒有下去，否則他們兩個也會像那樣消失了。

「人呢？」方剛叫起來，他發現走在隊尾的那幾個士兵，不知怎麼竟然不見了。

隊伍向前走，是一個跟著一個的，不可能迷路。既然不可能迷路，那些士兵又是怎麼不見了的呢？

這是一個到處都充滿死亡的地方。

「不要停，快走，快走！」苗君儒大聲叫道。在這種地方，停留的時間越長，危險性就越大。

方剛走在隊伍最後一個，他想弄明白那些士兵到底是怎麼不見了的。由於他的大腿受傷，走路並不快，一瘸一拐的。他剛走出一百多米後，感覺身後傳來一陣風響，憑著軍人的第六感覺，他以最快的速度將身體往旁邊一閃，同時回頭一看。

這一回頭可不得了，看見一條黑黑的蛇，準確來說，應該不是蛇，而是一條像蛇一樣的東西。這東西的頭部和身子一樣粗，如水桶般大小，身上沒有鱗片，只有一圈圈臃腫的肌肉，外形和蚯蚓一樣，身體的一半還在泥土裏，也不知道有多長。沒有眼睛，只有一張巨口，那巨口像菊花一樣張開，朝他猛撲下來。

走在後面的那些士兵就是這樣被悄無聲息地吃掉的。

方剛閃避得很及時，那巨口撞到地上，吸起一層泥土，與此同時，他手中的槍響了，子彈射入那東西的身體，發出「噗噗」的聲音。

其他的士兵轉過身子，一齊朝這條大蚯蚓開槍。大蚯蚓掙扎了幾下，「嗖」地縮了回去，牠消失的地方，那泥土很快便恢復了原樣。地上留下幾灘濃痰一樣的液體，散發出一股刺鼻的腥臭味。

弄清了那些士兵失蹤的原因，為了防止那大蚯蚓繼續撲上前來，方剛和幾個士兵倒退著走。

這湖泊並不大，走了一會兒就到盡頭了。

湖泊盡頭的草木很豐茂，再往前就是一大片雜草過膝的草地。遠遠地，看到草地的盡頭有連綿起伏的山巒。小徑淹沒在草叢中，根本無法辨別。

苗君儒看著那些雜草，這塊草地，也是一塊充滿死亡的地方，小看不得。他有些弄不懂，當年的那些人，是怎麼經過這些地方，而又沒有損失一個人的。

旁邊有一小塊沒有長草的小空地，空地上有一些乾枯的樹枝，他小心地走了過去，見有一些樹枝明顯用刀砍過的痕跡，在一根樹枝的下面，還有一把生了鏽的砍刀，砍刀的式樣，竟與現在苗族山民所用的砍刀一樣。

一定是那十二個人留下來的，他們砍樹木的目的，就是要經過這片草地。

這片草地與別的草地有什麼不同，需要利用樹木才能過去？

按苗君儒的意思，兩個士兵抬著一根剛砍下來的樹木，丟到草叢中，只見那樹木緩緩沉了下去。原來這片草地根本無法行走，需要用樹木墊著才能過去。

「怎麼樣？」陳先生走過來問。

苗君儒看了看天色，「必須儘快過去，否則等天黑下來，我們就無法走了，如果在這裏宿營的話，所有的人都可能死在這裏。」

那些士兵立刻行動起來，將砍下的樹木，兩根到三根用樹皮和雜草編成的藤條捆在一起，做成樹排。雖然有繩子，但不敢亂用。

捆好後，將樹排按順序往草地上排過去。

這個方法還挺管用，不一會兒便鋪出去一兩百米長。為了加快速度，陳先生身邊的那些黑衣人都加入了砍伐的行列，只留下阿強保護他。

苗君儒望著蘇成與程雪天，不懂陳先生將這兩個人「請」來，有什麼用處。

草地少說也有好幾個公里，照這樣的速度，就是天黑也鋪不到盡頭。苗君儒想了一下，說道：「不能再這樣，否則我們沒有等天黑，就陷在這裏了！」

「你有什麼辦法？」陳先生問。

「我有辦法！」程雪天說道；「我們可以將這些樹分成橢圓形排成兩排，不斷交叉著向前移動，那樣可以最大限度地節約時間和人力。」

這倒是一個好方法，他們用樹排鋪成的路往前走，天黑下來的時候，來到了草地盡頭的山腳下。

山腳下的地面又乾又硬，適合宿營。那些士兵一個個又累又餓，無法再往前走了。

苗君儒望著兩邊高高的山嵐，中間是一個幾公里寬的大山谷，山谷中一片綠色，都是鬱鬱蔥蔥的高大樹木，這裏的樹木和來的路上那些樹木不同，是山下常見的那種。左面這山的山勢較緩，從山腳到山頂，雖然陡峭，但有不少凸出的岩石和長在岩石上的樹木，攀爬起來並不難。也許爬上去後，就要像圖上所指，走在山脊上了。

遠處的山峰高入雲端，白白的全是冰雪，他拿出指北針看了一下，應該在玉龍雪山的西面，只是不知道是哪條支脈。

幾個士兵想要到樹林中，找些乾柴來生火，他們朝那樹林裏走去，有了前車之鑒，每走一步都十分小心，好不容易翻過一道土坡，離樹林已經不遠了，走在最前面的那個士兵，目光突然呆滯起來，另幾個士兵見狀，忙拉起他往回跑。

方剛見他們神色驚慌地跑回來，忙迎上前問：「發生了什麼事？」

其中一個士兵道：「那邊很多死人！」

「很多死人？」方剛聽後也是一驚，難道有人走在他們的前面？

苗君儒與陳先生等人聞聲也趕了過來，一行人重新向那邊走了過去。翻過那道土坡，眼前的景象也嚇了他們一跳。

只見土坡下面，有一大塊平地，平地上密密麻麻堆著的，全是人類的骸骨，這麼多骸骨，足有幾千人。

苗君儒想起了盜墓天書中的那句詩：遍地骸骨活人道，膽小勿驚！

看來當年他們是從這裏走過去的。只是前面還有兩句：山上山下路難尋，飛鳥走獸不得過，不知道是不是指那片史前樹林和草地。

而那兩句：帝王陵墓地下埋，入口卻在十里外。莫非是指進入古廟後，就已經走入了通往陵墓的道路？

在這處骸骨堆的對面，有一處不算太高的山峰，但是山勢上下如刀削一般，根本不可能爬上去。兩邊山上皚皚白雪，和山谷中的綠色相輝映，構成一副白綠紛雜的奇妙自然景觀。

如果依盜墓天書上說的，要經過骸骨堆的話，那麼明天要爬的山峰，並非左面山勢較緩的這一座，而是對面的那一座，可是那裏的懸崖根本無法上去呀？

夜幕降臨下來，士兵們到山谷邊上的樹林中，砍了一些樹木，找了乾樹枝，升起了火堆。

苗君儒一手舉著一個剛點燃的火把，一手拿著一根探路的樹枝，走下土坡，來到那堆骸骨前。夜色中，骸骨堆的上方出現星星點點的磷火。那磷火在空中上下飛舞，漸漸合在一起，形成一個大光球，那光球忽上忽下，突然朝他飛了過來，他吃了一驚，本想用手中的棍子去打，怕打出什麼意外的事情來，忙向後跑。

方剛見狀不妙，朝那光球開了一槍。光球一下子不見了，恢復了原先的星星點點。

苗君儒定了定神，回到骸骨堆前，只見那些骸骨還保留著死前的痕跡，大多數骸骨支離破碎，斷口處整齊，是被利器砍斷的。有的骸骨雙手放在背後，那是捆綁所致。

骸骨堆中，有不少是女人和小孩。這些人是什麼人，為什麼會被人殺死在這裏？從每一具骸骨的形狀看，這些人生前都是被虐殺的。

他用手中的樹枝碰了一下最邊上的骸骨，只見那骸骨「呼」的一下碎了，旁邊的幾具骸骨跟著倒塌下來，散落在地上，和地上的泥土混在一起，再也分不開了。

這些骸骨是不是那果王朝時候的人，暫時無從考證，但是這地方的地質和自然情況奇特，若是兩千年前留下的，也不是沒有這個可能性。

他在旁邊找了一下，並沒有找到一樣可以證明這些骸骨年份的東西。

回到宿營地後，見營地移到一個土坡的頂上，那地方靠近山腳，一些士兵用樹木往地上打木樁，將營地圍成一個圈。方剛問一個士兵，是誰要他們這麼做的？那個士兵指著正在幫忙把樹木釘入地下的假馬福生。

方剛正要發火，被苗君儒制止住。

「為什麼？」方剛問。如果是苗君儒要大家這麼做，他沒有話說，他和手底下的士兵，對苗君儒佩服得五體投地。可是一個毫不起眼的老頭子，一路上並沒有幫上忙，到了這裏反倒指手畫腳起來了，本來士兵們一個個就累得夠嗆，這麼做到底有什麼用呢？

「按他的意思辦，」苗君儒說道：「他是盜墓人的後代，有些事情，我們沒有人比他更懂！」

苗君儒猜想假馬福生要大家這麼做，一定是有原因的。

「來，我們一起動手，多一個人多一份力！」苗君儒說完，加入了打木樁的行列。

兩個小時後，他們用一米多高的樹樁將營地圍了起來，很多人都已經累得倒在地上不想動了。

苗君儒見假馬福生坐在一根木頭上，望著大山谷那邊出神，他走了過去，輕聲問：「晚上會出現什麼？」

假馬福生回答道：「我也不知道！」

「可是馬大元在盜墓天書中並沒有寫到這一節，」苗君儒說道。

「別以為只有他們來過這裏，」假馬福生回答道。

苗君儒頓時沒有了話說，假馬福生說得不錯，尋找那果王陵墓，不見得就只有馬大元他們那幫人，在他們之前，也一定有人來過這裏。

假馬福生的真實身分，確實神秘得很。

方剛將士兵分成四批，每一批負責警戒幾個小時，那也就可以讓更多的人休息。

假馬福生的精力不知道為什麼顯得很旺盛，沒有一絲疲憊的樣子，他拿著一根樹桿削成的長木棍，在木樁前走來走去，神色似乎很緊張。

苗君儒覺得很累，進了帳篷後倒頭便睡。也不知道過了什麼時候，他被驚叫聲驚醒，爬起身跑到外面一看，見樹樁圍牆外的地上，密密麻麻的都是蟲子。

那蟲子一個個有臉盆般大小，渾體黑色，背上一個大硬殼，頭部兩隻大螯角。他在新疆和西藏考古的時候，也見過不少大甲蟲，但是這麼大的，還是第一次見到。

不少士兵學著假馬福生的樣子，用木棍對爬上樹樁圍牆的大甲蟲用力敲擊，大甲蟲被敲後，翻了下去。

大甲蟲可能身體太笨重，行動速度並不快，即使來到樹樁圍牆前，也不見得能夠爬得上，倒是後面的大甲蟲，爬到了前面甲蟲的背上，而後面的繼續跟著往上爬。如此一來，重重疊疊，漸漸高過樹樁圍牆。

假馬福生使用的方法，短時間內還有用，時間一長便不行，如果樹樁圍牆外面的大甲蟲堆到了一定的高度，樹樁圍牆就起不到任何效果了。

所有的人都會被大甲蟲吞噬。

苗君儒看了一下這些大甲蟲，都是從草地裏爬出來的。假馬福生在用木棍敲擊大甲蟲的同時，不時望向山谷那邊。

這些從草地中出來的大甲蟲已經讓人夠嗆，難道那山谷的樹林裏，還會出現什麼更恐怖的動物？

苗君儒也撿了一根木棍，幫忙著敲打那些大甲蟲。大甲蟲看起來有一個大硬殼，可是一棍下去，將身體都敲碎了，露出一大灘黏黏的東西來，看得人噁心。大甲蟲根本不堪一擊，敲著敲著，不少人還敲上癮了，爬上樹椿站在上面，對著剛爬過來的大甲蟲用力敲。

「危險，下來！」假馬福生叫道。

聽他這麼說，那些人連忙跳了下來。草地中不斷爬出大甲蟲，連綿不絕，好像永無盡止。

苗君儒對假馬福生道：「還有沒有別的辦法，這樣子牠們遲早會爬進來的！」

「不怕，」假馬福生說道：「再有一陣子就天亮了，這些蟲子見不得光的！」

「山谷那邊還有什麼東西要出來嗎？」苗君儒問。

假馬福生說道：「不知道，反正不是什麼好東西，沒有出來更好！要真的出來了，還不知道怎麼對付呢！」

「你好像知道得很不少，」苗君儒說道：「明天我們要從對面的山崖上爬過去，對不對？」

「最好在這裏多休息一兩天，否則沒有人過得去！」假馬福生說道：「我說的可都是實話。」

天色漸漸明亮，那些大甲蟲奇蹟般的退去，片刻間，便一隻也不剩，留下的都是被打得四分五裂的蟲屍。

有的士兵歡呼起來，彷彿打了一場大勝戰。

假馬福生望著那些士兵，冷不防冒出一句：「高興還早了點，到時候有你們哭的。」

「可是我們吃的東西不多了，怕熬不下去。」苗君儒說道。

「吃的東西遍地都是，要看你怎麼去吃！」假馬福生說完，朝山谷方向望去。

苗君儒也隨著他一同望去，見山谷不知道什麼時候，被一大片黑色的霧氣籠罩著，那片黑霧越來越大，漸漸朝這邊移過來。

所有的人也看到這種現象，剛才還在歡呼雀躍的人也停了下來，一個個驚慌失措地望著那邊，剛剛鬆懈下來的心情，一下子又懸了起來。

那片黑霧不知道是什麼東西，所有人心裏都沒有底，也不知道會發生什麼情況，有好幾個士兵丟掉棍子，拿起了槍。

槍有時候對付一些東西根本沒有用，但是可以壯膽。

那片黑霧越來越大，漫出了山谷，向這邊飄移了過來，所有的人都驚恐地望著那片黑霧。阿強和幾個黑衣人將陳先生護送回帳篷，受他們的影響，很多人都躲進了各自的帳篷。

「躲進去也沒有用！」假馬福生冷冷說道。

「有什麼辦法對付嗎？」苗君儒問。

「想不出什麼辦法。」假馬福生說道：「我們只有等死！」

「不可能！」一個聲音很大，眾人尋聲望去，見是蘇成。他仰著頭，眼睛一眨不眨地望著那些黑霧，接著說道：「要是有一陣風來就好了！」

「風，哪來的風？」方剛問。

「我們可以製造風！」程雪天說道：「只要有熱氣上升，讓空氣形成對流，就有風了。」

「熱氣上升，只要有個大火堆就行了！」方剛說道。

火堆很快生起來了，士兵們還把大甲蟲的屍體往火堆上丟，那些黏黏的液體一遇到火，立刻像澆了油一樣燃燒起來。

火勢越來越旺，士兵們還不斷往上加樹枝，終於有風了，可是風是由山谷方向朝這邊吹的，這樣一來，反而加快了那些黑霧的速度。

眾人大驚，不知如何是好。那些黑霧沿著地面逼了過來。

蘇成大聲道：「完了，那些是劇毒的瘴氣，所到之處，人和動物都沒有命的，沒有人能夠逃得了。」

雲南這邊的濕熱氣溫，很容易使那些森林中常年腐爛在地上的東西，形成有毒氣體，就是所謂的瘴氣。雲南少數民族的山民們談瘴色變，凡是有瘴氣出沒的地方，人和動物都沒有辦法生存。

見瘴氣逼了過來，所有的人都往後跑。阿強他們護著陳先生，跑在最前面。

跑了一段路後，眾人停下了腳步，回頭看那瘴氣漫過了土坡，離宿營地也就是幾十米的距離。眼看著就要漫過宿營地，眾人打算還要跑，但見那瘴氣一遇到火堆，突然向上沖起。一道刺目的閃電過後，半空中響起一陣震耳欲聾的雷聲。

眾人只覺得眼睛一花，雙耳被雷聲震得嗡嗡直響。待清醒過來時候，見那瘴氣已經沒有了蹤影。

「我明白了，」蘇成叫起來，「瘴氣太濃了，遇到火之後，會產生劇烈的燃燒，剛才的光線和打雷，其實就是瘴氣的一種燃燒現象。」

不管是不是燃燒現象，只要那些瘴氣沒有了就好。其實瘴氣一般出現在早、晚和雨後這三個時間，在天氣晴好的日子裏，倒是很少出現。

眾人鬆了一口氣，向營地走去。

苗君儒朝走在最後的假馬福生道：「我們怎麼從那懸崖上爬上去？」

「現在還沒有到爬的時候，」假馬福生道：「我們首先要想辦法經過那片山谷！」

「我們要經過那片山谷？」苗君儒有點吃驚，盜墓天書中可沒有說要經過那片山谷。

「盜墓天書中那句闖謎瘴死地，指的就是前面的山谷，」假馬福生道。

苗君儒笑了笑，看來自己研究了十幾天的盜墓天書，還是比不上假馬福生。盜墓天書中馬大元寫的第一頁，確實有那麼一句話，但是後面卻沒有講如何過去的方法，以致他都疏忽了。

假馬福生道：「如果僅僅是瘴氣的話，倒不足為懼！」

「裏面有什麼東西？」苗君儒問。

「我也不知道，進去就知道了！」假馬福生道。

回到宿營的地方，陳先生想要大家馬上動身繼續前行，被苗君儒制止，他建議休息一天，讓大家的體力恢復一下。

方剛帶了一些士兵，去樹林邊砍了一些樹木回來，加固了木樁圍牆。做好這一切後，白天儘量休息，留著精神晚上對付那些大蟲子。他們還把那些樹枝堆成一大堆，一旦發現有瘴氣過來的話，好立即生火。

趁著白天沒有瘴氣，苗君儒和假馬福生等人在兩個持槍士兵的保護下，沿著樹林的邊上往前走，他們想先去探探路。

走過了那處骸骨堆，越往前走，見到了好幾處大小不同的骸骨堆，粗略一算，死的有一兩萬人。當年這裏發生了什麼事情，竟然有這麼多人被虐殺？

在兩千年前，一兩萬人可不是個小數字。

沿路走去，見一路上都是散落的骸骨。走了一段路，見前面有一個兩人高的大石碑，骸骨到石碑前就沒有了。

來到石碑前，見石碑上長滿了青苔，苗君儒沒有帶工具來，用手中的樹棍小心刮去石碑上的青苔。石碑上清晰地浮現出一副圖案來，竟是他們見過的「尼瑪尊神」。旁邊有四個隸書字：入谷者死。

隸書屬於漢字，莫非那果王朝中已經有人開始使用漢字？這可是一個偉大的發現。

在石碑的左側，有一條青石板路通向林中，青石板路被兩邊長出來的樹叢所遮掩，若不仔細看，還很難發現。

苗君儒望了假馬福生一眼，見對方有些緊張地望著山谷內。

這一地的骸骨，就是膽子再小的人，看多了也不會覺得害怕。苗君儒覺得馬大元在盜墓天書中寫下的那四個字，有畫蛇添足之嫌。

幾個人站在石碑前，朝山谷中望了望，看不出什麼異常的情況。苗君儒轉到石碑的背面，刮去上面的青苔，露出一些符號來。這些符號與盜墓天書中的符號一模一樣，有的像蝌蚪，有的像某種動物，有的像山川河流，還有的什麼都不像。

他見過很多種古代文字，唯獨沒有見過這一種，看了好一陣子，也弄不懂是什麼意思。

假馬福生走過來道：「只要破解了這些文字，我們就可以過這個山谷，否則，我們就只能夠像他們一樣！」

他說完，望著旁邊的幾具骸骨。

他的話雖然不重，卻也聽得眾人心底一陣寒意。幾個人一齊走到石碑的背面，看著上面的字。連苗君儒都看不懂的字，他們當然也看不懂。

苗君儒數了一下，總共有三十六個符號。猛然間，他想起馬大元在盜墓天書前面一些字的下方劃線，是不是和這裏有關呢？

他仔細分析了一下，這二者之間好像並沒有什麼牽連。那麼，那些劃線的地方，指的是哪裏？

石碑上面的第一個符號像一隻猛獸，第二第三個符號像蝌蚪，第四到第六個像躺在地上的人，第七個是個人，有點像「尼瑪尊神」，第八到第十一，都是一些山川河流一樣的符號，第十二個像一個建築物，第十三到第十六個什麼都不像，歪歪斜斜，看不出什麼意思來，第十七個像個人，雙手朝天；第十八和十九個是一大一小兩個像老虎一樣的猛獸。第二十個是三個呈品字形的三角形，第二十一到二十四，又是一些蝌蚪。

看到這裏，他似乎有些看懂了，這上面講述的，應該是那國王的功績。假設猛獸代表那果王朝，蝌蚪代表很多人，躺在地上的人代表屍體，山川河流代表那果王朝軍隊經過的地方，建築物代表修建的王宮。

第十三到第十六個符號，如果也斜著看，像幾條道路，接下來是大祭司祭天，兩個像老虎一樣的猛獸，或許就是指冰寒青玉石棺中的那兩個人，品字形的三角形和盜墓天書上「三台品字」墓穴定位相同，可能是指陵墓所在的山峰，二十一到二十四應該是指他屬下的臣民很多，再往後，那些圖案有的方形，有的圓形，都是很不規則的那種，竟找不到規律了。

也許這些圖案，就是告訴人們如何安全通過山谷的。

「看出了什麼門道沒有？」假馬福生站在旁邊問。

苗君儒指著石碑上的圖案，說道：「這前面，是關於那國王及他身邊的事情的，從這裏開始，我就看得不太懂了！那個時候的羌族並沒有真正的文字，所有的符號和圖案都是靠人去揣摩和意會。」

道理誰都懂，可是並不是每個人都能夠意會的。

苗君儒認真看著後面的那十二個符號圖案，記了下來。有時候暫時無法理解，稍後說不定受到什麼東西的啟發，瞬間明白過來。他於十幾年前在大宛古國考古的時候，那些羊皮上的符號，就是後來才破解的。（詳情見《稀世奇珍》）

見苗君儒暫時無法破解，幾個人都不想再待下去，慢慢往回走。

苗君儒跟著他們往回走，眼角的餘光瞥見樹叢中那些青石板，那些青石板也是不規則的，有方有圓，心道：難道後面那些符號就是暗示要走什麼樣的石板嗎？

他走近前去，看了那條路最前面的幾塊石板，有一塊與石碑上的其中一個圖案相似。

程雪天見苗君儒盯著那些石板看，近前道：「你是不是已經破解了？」

「還不肯定，」苗君儒道，他用手中的木棍用力敲擊那塊石板，「嗖」的一下，從樹叢中飛出幾根長矛，其中一根朝苗君儒當胸刺到。他一下沒有反應過來，眼見就要被那根長矛刺中。旁邊一股大力迅速將他推開，那根長矛擦過他的衣服，釘在地上！

好險！

他扭頭一看，見救了他的人是程雪天。

程雪天朝他笑了一下：「我說過我會救你的，你現在還不能死！」

假馬福生在一旁道：「看來他已經找到進去的方法了！」

苗君儒望著樹叢深處，心有餘悸，剛才他敲擊那塊石板的時候，頭兩下都沒有異常，以為與圖案相似的石板是安全的，戒備心就沒有那麼強了。那幾根長矛飛出來的速度很快，當他聽到聲音的時候，已經遲了。若不是程雪天見機得快，他已經變成一具屍體了。

苗君儒要一個士兵回營地拿了紙筆過來，他來到石碑前，仔細地將那十二個圖形完整描繪了下來。回到營地後，他叫齊了所有的人，講解圖案和石板的危險關係。

假馬福生對此並不感興趣，他在樹樁圍牆前檢查圍牆的結實情況。

當天晚上，大部分人休息，只留一小部分的人負責輪流警戒。為了第二天的行程，苗君儒早早休息，想保持體力。

將近黎明的時候，他還是被突如其來的槍聲吵醒，正要起來，感覺由地下傳來一陣震動，剛出帳篷，見許多人都已經跑了出來，望著開槍的地方。幾個士兵持槍，朝著同一個方向開火，由於遠處的景色較黑，看得不真切。見大家都跑了出來，一個士兵說道：「好大一條蛇呀！從泥裏鑽出來的。」

方剛大聲道：「是不是和我們原來看到的一樣？」

那士兵道：「比那條還要大得多！而且頭上長了角！」

「頭上有角？」蘇成追到圍牆邊，朝遠處望去，然而他一樣看不見什麼東西。只見圍牆外面的土地上，深深陷下去一條溝。

「剛才牠就是從土裏鑽出來的，」那士兵道：「好像有一個長長的嘴，和蚯蚓不是很像！」

「有沒有四隻爪子？」蘇成問。借著火把的光線，他隱約看到溝邊有一個大爪印。那些大甲蟲不斷爬過來，要不是畏懼牠們，他還想過去看一下那個爪印。轉眼間，那個爪印就被幾隻爬過來的大甲蟲給抹去了。

「我懷疑是地龍！」蘇成道，「在這種地方，什麼奇怪的動物都有可能出現。」

「地龍是什麼東西？」方剛問道。

「就是龍呀，只不過不能飛，而是鑽在地下的，」蘇成道，「我以前聽人說過，在雲南貴州的某些地方，出現過這種動物，我還不相信呢！要是能夠抓一條回去研究就好了！」

正說著，不遠處的地面突然向上突起，一條蛇一樣頭上有兩隻角的動物從土裏爬出來，這次，大家都清楚地看到了前面的兩隻大爪子。

樣子果然和傳說中的龍一樣，有角有爪，只是身上沒有鱗片，而是滑溜溜的，像泥鰍。

「不要開槍！」蘇成剛喊出聲，聲音就被槍聲所淹沒。

那地龍發出一聲吼叫，聲音像牛一樣，「呼」的一下，從口中噴出一些液體。所幸大家已經防到這一招，見狀連忙閃避。

躲避得慢一點的，身上被噴上了幾點液體。棉衣上頓時像被濃硫酸腐蝕了一樣，一片片的脫落了下來，並發出一股極其難聞的酸臭味。

那幾個人趕快脫下棉衣，雖然冷一點，但總比沒有命的好。

那地龍噴出液體後，迅速鑽了回去。方剛的手上拿了一顆扯掉保險的手雷，只等地龍一出現，就扔出去。

等了一會兒，地龍沒有出現，倒是山谷的上方出現了瘴氣，那瘴氣比昨天的還濃，而且擴展速度要大得多。

有了用火堆對付瘴氣的經驗，大家對瘴氣倒是不怕，在對付大甲蟲的同時，留意著瘴氣瀰漫過來的速度。

「轟」的一下，大家面前的樹樁圍牆突然被東西從土內頂了出來，一排樹樁倒在地上，圍牆立刻出現一個十來米的缺口，那些大甲蟲從缺口處蜂擁進來。

大家一見，急忙各自拿起木棒猛揮，缺口處立刻倒下一大堆蟲屍，但是更多的蟲子沿著蟲屍堆爬了上來。有一個士兵不防備，被一個大甲蟲的兩隻螯角夾住，身體立刻顫抖起來，隨即一聲不吭地倒了下去。幾隻大甲蟲爬了過去，在大家的眼前將士兵變成了一堆碎屍。

大甲蟲的兩隻螯角不但力氣巨大，而且有劇毒，一旦被咬住就無法掙脫，成為大甲蟲的口中之食。片刻間，那個士兵只剩下幾根帶血的骨頭和頭顱。

大家看得汗毛都豎起來了，幾個士兵用力掄著木棒，替死去的同伴出氣。

「不要亂來，要注意！」蘇成叫道。

四五個士兵排成一排，相互照應，那樣就不會被大甲蟲鑽了空子。

大家只覺得腳下的地面震動起來，下意識地退了幾步，剛才站立的地方突然鑽出一顆巨頭來。那巨頭的頭上並沒有角，也不知道是地龍還是別的什麼動物。

「他媽的！」方剛罵了一聲，將手雷朝那巨頭扔了過去。其他人紛紛後退，怕被手雷炸傷。

那巨頭一張大嘴，將手雷吞了下去。這是大家所期望的，如果巨頭縮了回去，手雷可能就炸空了。

一聲巨響，地上出現一個大坑，那巨頭不見了，土中露出半截木桶粗的黑色軀體。

情形仍不樂觀，由於大家遠離了缺口處，更多的大甲蟲越過了缺口處，朝大家一步步的逼近。

另一邊，瘴氣越來越近，沒有人能夠到堆放樹枝的地方去點火。要是沒有火的話，用不了十分鐘，瘴氣就會漫過整個營地。到時，大家就會像那個士兵一樣，成為大甲蟲的食物。

方剛用盡力氣，將手中的火把往樹枝堆丟過去，可是距離較遠，火把無法扔到樹枝堆上。他望著一步步向前逼進的大甲蟲和逐漸瀰漫過來的瘴氣，後悔剛才為什麼不早點把樹枝堆點燃，可是後悔有什麼用呢？

大家已經沒有了退路，望著那些大甲蟲，一個個臉上呈現出渴望生存的表情來，更多的卻是極度的絕望。

苗君儒一棒打死一隻快要爬到腳邊的大甲蟲，大聲道：「那些死蟲子不是可以燒的嗎？為什麼不燒呢？」

大家瞬間反應過來，是呀！為什麼一個個只知道用棒子敲，為什麼不用火燒呢？

一個士兵將汽油瓶丟到蟲屍上，拿過旁邊士兵手上的火把扔了過去。「呼」的一下，火勢冒起一丈多高，同時點燃幾個帳篷，離火近一點的人，感覺頭髮一下子被烤卷起來了。

火勢沿著蟲屍迅速向外漫延，越燒越烈。剛才只知道點火，卻忘了樹樁圍牆的四周都是蟲屍，這樣一來，等於大火將眾人給包圍了。

眼見帳篷一個又一個的被火燒著，士兵們急忙從帳篷中搶東西出來。火勢越來越大，如果不想辦法衝出去的話，所有的人都會被燒死。可就算衝出去又怎麼樣？外面還有那麼多的大甲蟲。

請續看《搜神異寶錄》14 靈玉回歸

搜神異寶錄 之13 盜墓天書

作者：婆源霸刀
發行人：陳曉林
出版所：風雲時代出版股份有限公司
地址：10576台北市民生東路五段178號7樓之3
電話：(02) 2756-0949
傳真：(02) 2765-3799
執行主編：劉宇青
美術設計：許惠芳
行銷企劃：邱琮傑、張慧卿、林安莉
業務總監：張瑋鳳

初版日期：2018年1月
初版二刷：2018年1月20日
版權授權：吳學華
ISBN ：978-986-352-476-2
風雲書網：http://www.eastbooks.com.tw
官方部落格：http://eastbooks.pixnet.net/blog
Facebook：http://www.facebook.com/h7560949
E-mail：h7560949@ms15.hinet.net
劃撥帳號：12043291
戶名：風雲時代出版股份有限公司

風雲發行所：33373桃園市龜山區公西村2鄰復興街304巷96號
電話：(03) 318-1378
傳真：(03) 318-1378
法律顧問：永然法律事務所 李永然律師
北辰著作權事務所 蕭雄淋律師

行政院新聞局局版台業字第3595號 營利事業統一編號22759935

定價：280元　特惠價：199 元

國家圖書館出版品預行編目資料

搜神異寶錄／婆源霸刀 著. -- 初版. -- 臺北市：
風雲時代，2017.06-　冊；公分

ISBN 978-986-352-476-2（第13冊；平裝）

857.7　　106006481